愛の在り処に誓え！

樋口美沙緒

白泉社花丸文庫

JN210995

愛の在り処に誓え！　もくじ

イラスト／街子《まちこ》マドカ

一

シモン・ケルドアがイライラしている。いや、そわそわか？　あるいは、オロオロだろうか……。とにかく、普通の状態ではない。こんなにもうろたえ、取り乱しているシモンはこれまでにほとんど見たことがない――。

並木葵《なみきあおい》は膝に四歳の息子、空《そら》を抱きかかえて、ケルドア公国の大公、シモンの私室に座っていた。

葵が二十三歳、空が四歳、シモンが三十一歳の、十月のことだった。

ナミアゲハというハイクラスでありながら、性モザイクとして生を受けた葵が、奇抜な縁談を受けて、ただ子作りのためだけにシモンに初めて抱かれたのは、十八歳のとき。

世界でただ一人のグーティ・サファイア・オーナメンタル・タランチュラだったシモンは、種の存亡を懸けて性モザイクの体を求めていたのだ。

けれどこの契約的な婚姻関係は、たった半年で終わった。

当時の葵は「シモンに捨てられた」と思っていたので、既にお腹《なか》に宿っていたシモンとの子どもを、その後ひとりぼっちで産み、育てた。

グーティの子どもは三歳まで育つのが難しいうえに、頼るあてもなく、葵自身も性モザイクで体が強いわけではないので、かなり苦労した。

辛い子育てのなかで、恨み言ならいくらでもあったはずなのに、葵はずっとシモンのことを忘れられなかった。

男でありながら、女性としてシモンに抱かれたからか、葵は他の誰も、もう好きにはなれなかった。葵が起源種とするナミアゲハのメスは、そもそもが生涯にただ一頭のオスとしか交わらないのだ。

そのせいか、ひどい別れ方をしても、葵はシモンしか愛せなかった。もっとも、また会えるとも思っていなかったし、自分がシモンに必要とされるなどとは、想像もしなかった。

けれど今、葵はシモンを訪ねてケルドアにまでやってきていた。

夏のころに、偶然にも再会を果たしたシモンが、心の奥底で葵を求め、空を愛しているような……そんな気がしたためだが、はっきりとした確信があるわけではなかった。

ただシモンはもはや、大公制度を廃止することと、子どもがいることを全世界に発表していた。そしてその子どもを自分と同じような運命に巻きこむことを忌避して、一人死んでいくと告げたのだ。

そのニュースを見て――息子である空が、はっきりと言った。

……あおいとそらは、パパを一人にしちゃ、ダメだよ。

そのときはじめて、シモンに愛を返されるかはもう問題ではない、と葵は気づいた。どこまでも不器用で、愛について知らなさすぎるシモンを、一人にしないためだけにそばにいようと決めた。たとえそれがシモンを苦しめることになっても、誰も彼も遠ざけて孤独に死んでいく人生を、シモンに歩ませることはもっと悲しいことに思えた。それは自分のエゴかもしれない。そう悩んだけれど、空の一言が葵の迷いを消してくれた。シモンにもシモンなりの愛はある。ならばその愛のそばに、寄り添いたかった。

そうして日本を発《た》ったのは、ほんの十六時間ほど前のことで、ケルドアに着いて、シモンと再び会えてからも、たった一時間半しか経っていない。


「本当に誰にも話していないだろうな」

シモンの私室には、葵と空とシモンの他には、フリッツと、それから一度だけ日本で見たことのあるケルドア人の男がいた。

ケルドア人の男が、シモンとフリッツと話している様子から察するに、どうやらケルドアの議員らしい。

彼はシモンに詰め寄られ、困った様子で、

「もちろんです、殿下。アオイ様の存在もソラ様の存在も完全に伏せておりますし、議会の革新派にもまだ伝えていません」

と言う。言いながらも、部屋の隅に座っている葵と空を、ちらちらと見ており、空が眼をあわせてニコッと笑うと、こらえきれないように眼元をゆるませている。

空はグーティ・サファイア・オーナメンタル・タランチュラ。ケルドア人にとっては、まさに神の子ども、天使のようなものであり、いかにも冷静そうな議員でさえ、空を見ると浮き立つ様子だった。

厳しい表情をしているシモンの前でも、とうとう待ち望んでいた子どもが眼の前にやってきた——という喜びを、隠しきれていない。

葵にも、彼の感情は手に取るように伝わってきた。当然ながら、葵はおまけだ。男の視界には、ほとんど入っていないようだった。

「だが広場で町の人間に見られている……すぐに噂《うわさ》は広まるだろう」

シモンがうめき、こめかみに指をあてている。

葵は空と二人、ケルドア首都の駅前広場でシモンを待ち、そこで帰れだの帰らないだの、抱き合ったり涙をこぼしたりだのしたので、町の人々にはその姿を見られていた。

ケルドア国民はすでに八割が老齢で旧市街に引きこもっており、あの場にいたのはほとんどが外国人だっただろうが、それでも彼らにも、空と葵の正体など、すぐに想像がついただろう。

葵は正体がばれることなど、とっくに覚悟してやってきていた。日本に帰るつもりもうない。シモンと一生生きていこうと決めているのだ。もしかしたらシモンは葵と結婚したがらないかもしれないが、べつにそれでもよかった。

が、しかし、シモンの反応は想像をはるかに越えている。

椅子に座って、シモンと議員、フリッツのやりとりをおとなしく聞きながら、葵は内心、驚いていた。

なにしろ、シモンは城に着くと人払いさせ、執事まで追い払って、誰にも葵と空を見せないようにして私室までつれてきたのである。

（……そんなに隠さなくても……）

葵と空になにか危害が加えられないかと心配してくれているのだろう、とは思うが、さすがに過剰すぎて、自分の存在がそんなに恥ずかしいのかとうがった考えさえ浮かびそうになる。もちろんシモンの性格からすると、かつて葵が自分の母親に殺されかけた事件が、尾を引いているだけなのだとは思うけれど。

（さっき、分かってくれたと思ってたんだけど……まさかこの流れは、日本に追い返そうとしてる?)

葵は、じっと座って耳を澄ませ、少し警戒してもいた。

「どうせ早晩、ばれることだったさ。ちょうどいい。明日にでも二人のことを公表してしまえ」

フリッツは葵と空が城に着いてからずっと、嬉《うれ》しそうだ。弾む気持ちが抑えきれない、という顔をしている。上機嫌で言うフリッツに、議員も力強くうなずく。

「そうしましょう、殿下。風の噂や外国のゴシップ紙で知らされるより、国民は殿下の口から聞きたいと思いますよ。ソラ様のことが分かれば、きっとみな喜びます。保守派も納得しますし、共和制移行への良い足がかりになるかと」

うきうきとした気持ちが隠せないのか、声を弾ませる議員とフリッツを、シモンは冷たい眼で睨《にら》んだ。

「ソラは歓迎される。それは分かっている。だがアオイの安全が保証されない限りは、公表するつもりはない」

(え……っ、俺?)

葵はシモンの気がかりが自分だと知り、慌てた。てっきり、空のことが大きいと思っていたのだが、空は大丈夫、という認識らしい。

「シ、シモン」

黙って聞いていたけれど、自分が問題ならば口出ししないわけにはいかず、思わず声をあげる。膝に抱いていた空が飽きたのか、ぴょんと床に飛び降りて、暖炉や部屋にあるわずかな小物を珍しそうに見てまわり始めた。

「俺のことを心配してくれてるなら、気にしないで。ちゃんと覚悟してここへ来たんだ。ソラさえ安全なら、俺は耐えられるよ」

「アオイはいい子だなあ」

フリッツがしみじみと言い、議員は「ほら、アオイ様もこうおっしゃってます」とシモンをせっついた。とたんに、シモンは議員の胸ぐらを摑《つか》んだ。

驚きに眼を剝《む》いたのは、議員だけではない。葵もぎょっとしたし、さすがのフリッツも固まった。あまりに、シモンらしくない行動だった。空が窓の外に気を取られていたので助かったが、シモンは数秒の間、こみあげてくる怒りを抑えようとしているのか、わなわなと唇を震わせていたし、その美しい瞳には、憤怒の炎が燃え上がっていた。

「……貴様のように、アオイを軽んじる者がいるから、私は……」

うなるように言うシモンに、葵ははっとした。

慌てて駆け寄り、シモンが議員を摑んでいる手に、指をかける。そっと袖を引っ張り、不安ながらも、「シモン、シモン」と呼びかけた。

議員はすっかり青ざめ、怯《おび》えきっている。彼からもタランチュラの香りがするが、シモンのような圧倒的な存在感や体格の良さはない。もちろん、アゲハの葵よりはよほど大きいが、シモンほどの強いタランチュラを前にしたときの恐ろしさは、容易に理解できた。同じタランチュラ同士でも、格がちがう、という感じなのだ。

「シモン。放して。……この人は俺を軽んじてないよ。俺はこの人に、なにもいやなことはされてない」

　そっと、ささやくように小さな声で言う。空には聞かれたくなかった。窓辺に張りついている空をちらりと見て、

「ソラが驚いちゃうよ」

　そう言うと、シモンは喉の奥で「く……」とうめいて、手を離した。

「……軽んじている」

　けれど葵の言葉には納得していないようで、そう繰り返す。

「こいつらは、お前が傷ついてもべつにかまわないのだ。お前が犠牲になるかもしれないことを、心を痛めもせずに私に勧めるのだぞ」

　唾棄するように言い放つシモンに、フリッツはニヤニヤしているが、議員はその場に身を投げ出して土下座した。

「も、申し訳ありません。けっして、アオイ様を軽視したわけでは……す、すぐに、アオイ様の安全をはかれるよう、力を尽くしますので……」

男は立ち上がり、何度も頭を下げて部屋を出ていった。空が振り返り、『あおい、けんか?』と一人だけ日本語で、眼を丸くしながら訊《き》いてきた。

葵は微笑《ほほえ》み、大丈夫だよ、と言ったが、シモンは仏頂面のままで、まだなにも納得していなさそうだ。

「やはり日本に帰れ。ここは危険だ。お前がいつ、心ない仕打ちに遭うか分からない」

少し二人きりにして、と頼むと、フリッツが隣の寝室に空を連れていってくれた。

フリッツは空と話すために日本語を習得しているので、隣の部屋で絵本を読んでくれると言い、退屈しはじめていた空は喜んでついていった。

シモンの私室に残されたあと、改めて話し合おうとする葵を——シモンはとりつく島もなく、はっきりと拒絶した。

葵は思わず、ため息をついていた。

(ああもう……本当にこういうところ、変わらない……)

五年前に初めて会ったときも、シモンはこうだった。葵の話など、考慮しようともしない。

ある意味では、それはシモンの優しさだと分かってはいるものの、それでもせっかく会えたのに……さっきは涙してまで、抱きしめてくれたのに……と思うと、やはり淋しい。

その淋しさをこらえて、葵は一度深呼吸し、シモンの手首を両方とも、それぞれの手でそっと握りしめた。

するとと、葵を見下ろしてくるシモンは、少しだけ戸惑ったように瞳を揺らす。

（優しく。……優しく。あくまで、優しく）

と、葵は心の中で念じた。

シモンは三十一歳だが、葵に対しては七歳のままのところがある。どちらもシモンだけれど、今頑《かたく》なになっているのは、七歳の子どものシモンの部分だと思った。

――アオイが傷つけられるのが、怖い。お前が傷つけられたら、いやだ。

シモンの根っこにあるのは、シンプルな感情だ。まだ愛とも呼べない未熟な情緒だが、それがシモンの愛には違いないのだと葵は知っている。そしてそれ以上は、求めたりはしないと決めてもいた。

「……シモン。お願いだから、俺を追い出さないで。日本にはもう帰れない。どっちにしたって、ソラがグーティなことはいつか分かってしまう」

「……」

口を閉ざしているシモンの手を揺すり、葵はそうっと、シモンの腕を引っ張った。シモンが素直についてきてくれたのでホッとしながら、長椅子に二人で並んで座った。

「俺がいると、シモンは気持ち悪い？」

ずるい言い方をしているのは分かっていたが、あえてそう訊ねた。シモンは眼を瞠《みは》り、

「そんなわけがないだろう」

と答えてくれた。それに安堵《あんど》する。分かっていた答えだが、訊かなければ次を続ける勇気が出ない。嫌われてはいない、というその事実だけは確認しておきたかった。

「……でも俺がいると、不安？」

「お前は一度この国で、死にかけた」

「アリエナ様はもういないんだよ……俺は、国民に受け入れられないかもしれないけど、いることくらいは、許してもらえると思うよ。ソラがいるもの」

なぜそんなことを言う、とシモンは眉根を寄せた。

「受け入れられないなどと……なぜ受け入れられないのだ。お前は私の子どもを産んで、しかも四年も一人で育ててくれたのだぞ。それを――」

シモンの声が震え、眼尻が赤くなる。

葵は胸が痛み、切ないような愛しいような気持ちが湧きあがるのを感じた。シモンは葵が受けるかもしれない理不尽な仕打ちを、今から想像して苦しんでくれている。比類なく美しく、気高く、ただ愛を知らない男が――葵が国民に愛されないかもしれないことを、嘆いているのだ。そのことに胸が震えた。嬉しかった。シモンの純粋さを愛しく感じた。

「……その気持ちだけで、俺、全然平気だよ。全然、頑張れる。シモン。ありがとう……」

こみあげてくる涙をなんとか抑えて、葵はシモンの首に腕を回し、そっと寄り添った。抱きついていいものだろうか？　不安になりながら上目遣いにシモンを見たが、シモンは嫌がってはいない。少し困ったように、どうしていいか分からない、という顔で、葵を見つめ返している。

それでも数秒待っていると、大きな手がようやく葵の体に回された。

「公表はしなきゃ。どんなにしたって、隠し通すことはできないって、シモンにならわかるだろ？」

「……」

小さな子に言い聞かせるように言うと、シモンの眼が不機嫌そうな色を浮かべる。分かっているが、分かりたくないという顔だった。葵はその反応がなんだか可愛《かわい》らしく思えて、つい、シモンの髪を撫《な》でていた。

そうすると、シモンの眼の中から、不機嫌そうな色がわずかに和らいだように思える。

「俺をそばにいさせて。……また追い出されたら、俺は悲しくて、胸がつぶれて死んじゃうよ。お前のそばにいさせてほしい。それだけで幸せだよ。他になにもいらない。それに、シモンは俺のことを、守ってくれるんだよね？」

「それは……そうだが……」

だが、しかし、それでも、とシモンは苦しそうに拒絶の言葉を繰り返している。

「俺のことが重たいかもしれないけど……」

「迷惑というわけではない」

葵の言葉にかぶせるように、シモンが言う。

シモンの口調はいつもどおり切って捨てるようだったけれど、どこか慌てた様子が垣間《かいま》見えて、葵は小さく笑った。もしかしたら五年前、「お前が重い」と言って葵を日本に帰したことを、シモンは覚えているのかもしれない……と思う。

「一緒にいようよ、シモン。ソラもそうしたいんだ。……俺たちといて、ちっとも幸せじゃない？」

「……そんなことはない」

「俺はまた、お前を変えようとしてる？　それがつらい？」

ふと不安になって、葵は訊いた。シモンにはシモンの生き方があり、葵はそれを変えようとは思っていないのだ。ありのまま、個人も公人も含めたシモンのそばにいたいと願っている。

「……お前の生き方はそのままでいいよ。そのままのお前でいいから……無理に、個人のシモンを求めたりなんてしない。だから、ただ側にいさせて。どうしてもどうしても、それが苦しいなら、ソラだけ置いて、俺は……」

　シモンが眼を見開く。葵は少し考えて、

「死んだふりでもしてようか？　一度死んだってことにして、それでお前の部屋の掃除係でもしようか。千匹皮《せんびきがわ》みたいにさ……知ってる？　女の子が、千枚の獣の皮をかぶって身分を隠して、大きなお城の下働きをしてる童話。あんなふうなら誰も、俺を気にしないんじゃない？　……それだったら、お前のそばにこっそり、いられるよね」

　そういう手もある、と思いついて言うと、だんだんとシモンの顔から険《けん》が抜け落ちていく。かわりにその瞳は悲しそうに揺らめき、不意に、葵はきつく抱きすくめられていた。

「アオイ……」

　抱かれるとは思っておらず、葵はついときめいて、ドキドキした。シモンの甘い香りが体を包む。逞しい腕に、ぐっと力がこもる。

「……なぜお前がそんな苦労をしなければならない。私は、お前とソラを傷つけないために離れたというのに」

　お前は、本当ならもっと愛されてしかるべきなのに――。

　小さな声で付け加えたシモンは、悲しそうだった。

　葵を抱き締めている腕が、震えている。

（……平気だよ。誰からも愛されなくても、俺はお前さえ、俺を愛してくれたら、それで……）

そう思ったけれど、言葉にはできなかった。

愛してくれたらそれでいい、と言ったところで、シモンを困らせるだけだろう。きっとシモンは戸惑う。

――とっくにお前を愛している。

などと言い切り、葵に口づけたりなんて、できそうにない。そんなことは、思ってもいないはずだ。

（期待はしないって思って来たのに……）

それでも触れていると欲が出るのだなと思い、葵は淋しくなる。愛されたい。自分が愛しているのと同じ熱量で、愛し返されたいと思うのは、自然なことでもある。しょうがないよな、と内心で自分を慰め、葵はシモンの胸に手をついて、少し体を離した。

「これから、考えていけばいいよ。ね、シモン……」

見あげた先で、シモンはやはり納得がいかない、という顔をしている。

説得には時間がかかりそうだ。どうしたら、受け入れてもらえるのだろうと、葵はため息をつきそうになってしまった。

（まいったな。五年前と同じだ——）

翌日、葵はすっかり頭を抱えていた。

「どうしたどうした、暗い顔して」

十二時。ちょうど昼食の時間で、シモンの部屋に入ってきたのはフリッツだった。

彼はできたての料理をワゴンいっぱいに運んできており、それを見て葵はまた「ああ……」と呻《うめ》きそうになった。

空はわあっと歓声をあげて、美味《おい》しそう、とフリッツの腰にまとわりつく。

「お。英語の勉強してたのか？」

葵と空は、シモンの私室で長椅子に座り、英語の絵本を読んでいるところだった。これから葵本人はドイツ語とケルドア語を勉強し、空にはとりいそぎ英語とドイツ語を教えなければならない。

「そら、はなせる、えいご」

子どものうえに、グーティ・サファイア・オーナメンタル・タランチュラという最上位種に生まれついている空は覚えも早い。早速片言で言い、フリッツにすごいなあと頭を撫でてもらっている。

「……フリッツ。俺たち、いつまでこの部屋に籠もってなきゃいけないのかな」

ワゴンの食事をテーブルに並べる手伝いをしながら訊くと、フリッツは「うーん……」

と苦笑した。

「シモンが大分ぴりぴりしてるからなあ。今朝は早速議会に呼び出されてるし、たぶんソラとアオイのことはもう、ばれてるだろ。あとは公表の時期が決まれば、シモンも観念するんじゃないか？」

「……昨夜も話し合ったけど、シモンは日本に帰れの一点張りで……とても公表するように思えなかったよ。俺、どうしたらいい？」

「とはいえ、帰る気はないんだろ？」

「もちろん」

フリッツの問いには即答した。とたんに、フリッツは満面の笑みを浮かべ、葵の手をとった。

「ありがとう、アオイ。心から感謝するよ」

優しげな声を出し、フリッツは葵の手の甲に、親愛のキスをした。

フリッツはたまらなく嬉しそうだ。葵と空がシモンのそばにいることを、彼は心底望んでいたのだと、しみじみ思う。

けれど浮かれているのはフリッツくらいなもので、シモンはというと、葵と空を日本に帰すべきだと信じて疑っていないのだ——あまりの頑なさに、葵もさすがに困り果てていた。

昨日から、葵と空はシモンの私室を一歩も出ていない。

二間続きの広い部屋には寝室もあるし、浴室も化粧室も続きになっている。食事や飲み物は適宜、シモンかフリッツが運んでくる。部屋にはストーブがあるし水道もあるのだからお湯はいつだって沸かせる。暇つぶしのための絵本やちょっとしたおもちゃも、昨夜シモンがどこからか持ちこんできたし、テレビや動画の見られるタブレットまで渡された。

そのうえで、部屋からは絶対に出ないようにと言い渡され、扉は外から鍵をかけられてしまった。パパに会えた嬉しさで空も今は文句を言わないが、いつまでこの状態なのかと、葵は不安になっていた。

シモンは昨夜は、二人と違う部屋で眠ったのだ。空はそれだけは不満で、どうしてパパと一緒に寝れないのとごねた。

まさか、自分とシモンは夫婦ではないから、とは言えないし、パパは空と葵を日本へ帰そうとしているとも言えなくて、葵は空への言い訳にも困り果てた。

（なんだか初めてシモンと会ったころ、愛し合いたいって言って……受け入れてもらえなかったのと、似てる……）

葵の考えが、シモンには通じない。

あの苦しさが思い出され、なにもかも自分の独りよがりなのかと落ちこんでしまう。

（本当に本当に、シモンには、俺がここに来たことが迷惑だったとしたら……）

だとしたら傷つく。

想像して落ちこんでいると、まあ、大丈夫さ、とフリッツが根拠のない慰めを口にした。

「公表されようがされまいが、昨日広場できみらは抱き合ってたんだ。誰がどう見ても、渦中《かちゆう》の伴侶と子どもだと分かったろう。それなのに追い返すなんて、できるわけない。議会の保守派は、今ごろ、共和制には反対しないから、きみらを国民に公表してくれと懇願しているはずだよ。これで万事うまくいく。シモンは幸せになるし、この国は開けて滅ばずにすむ」

フリッツはニコニコしている。

そうだ。葵と空が日本に帰ったところで、なにも変わらないのだ。

シモンにはグーティの子どもがいると、昨日の一件で世間には知れ渡っただろうし、そうである以上、どこへ行っても空はこの国に求められる。

葵と空を突き放しきれなかったのだから、シモンだって一度は受け入れたはず……。

けれど。

けれど、そうじゃない。違う。

そういうことじゃない、と、葵は思う。

(そうじゃなくて……そうじゃなくて……仕方ないからじゃなくて)

状況による理由からではなく、シモンに求められてそばにいたいと思ってしまう。

（でもこれってエゴ？　贅沢《ぜいたく》？　また、シモンになにか求めてる？　……そのままのシモンでいい。なにも変わらなくていいって思ってるのに……。苦しめたいわけじゃない。幸せになってほしいから来たのに……俺がいると、シモンに迷惑になるんじゃ本末転倒だし）

拒まれたところで出ていくつもりはないけれど、どうせならシモンに歓迎してほしいと思うのはわがままなのかと、葵はため息をついた。

（……少しは、ほんのちょっとは、シモンも……俺を好きだと、思ってたんだけどな……）

シモンの〝愛〟はとっくに知っている。

しかしその中身については、まだよく分かっていないことに、葵は気がついた。空への愛情は、掛け値なしに我が子へのそれだとしても、葵への愛情はというと、その大部分は優しさだろう。それでも少しは、恋愛的な情もあるはずだと葵は思っていたのだが……。

（見誤ったかもなあ……）

昨日だって二人きりで抱き合ったし、シモンから抱き締めてくれることはあったのに、そういえば、キスの一つもなかった。

（シモンから、唇にキスしてもらったのって、五年前の、一度しかないもん……）

空の昼食を皿によそいながら、葵はもやもやとした。べつにそれはいいのだ。納得ずくで来ているのだから。割り切っているのだから。けれど、何度自分に言い聞かせても、気にならないわけではない。

(仕方ないか。……俺だけが好きでも。シモンの愛情は、恋愛じゃ、ないんだろうし……。仕方ないよね)

今夜また、シモンと話し合ってみようと決めて、葵は空と並んで食事を摂《と》ることにした。


とはいえ。

葵の決意も虚《むな》しく、シモンとのやりとりはその晩も、その翌晩も、そのまた翌々晩も平行線だった。

相変わらずシモンは帰った方がいいと言い続け、一緒の部屋で寝ようともしない。

フリッツからは、朝から晩までシモンが議会と喧嘩《けんか》をしていると聞いていた。

「あおいーっ、パパとねたいっ、おふろはいりたいっ、あそびにいきたーいっ」

さすがに数日続いた監禁状態で、鬱憤のたまってきた空が、覚えたてとは思えない英語でぎゃあっとわめきだしたのは、ケルドアにやって来て五日めの昼だった。

泣いている我が子をよしよしとあやし、叱り、なだめすかしているうちに、だんだん腹が立ってきた。

（シモンのやつ……）

と、思う。

（心配心配って、心配だったらなにをしても許されるのかっ）

お前が俺たちを大事に想っている以上に、俺たちだってお前が好きで一緒にいたいんだ！

という、激しい心の声が頭の中に響き渡った。

葵はとうとう、泣いている空を抱きあげていた。

「よしっ、ソラ！　もういいや。パパのところ行こう！」

もう十分、空とお母さんは頑張った！

葵はそう言うと、部屋の扉を力任せに叩《たた》いた。外から鍵がされているので、内側からは開かない。フリッツもまだ来ていないから、仕方がない。

人払いされてはいるだろうが、ずっと叩いていれば誰か気づくだろう。拳の感覚がなくなるまで、およそ五分、葵は扉を叩き続けた。かなり疲れたけれど、子どもを一人育てるために養った根気で、ひいてなるものかと自分を奮い立たせる。

「で、殿下？　な、なにがあったのですか……っ？」

やがて扉の外から駆けつけてくる足音と、慌てたような声が聞こえた。老齢の男の声は、たぶん執事だろう。中にいる葵が叩いているとは思わなかったのか、殿下、と声をかけてくる。

「アオイ・ナミキです。ここを開けてください。シモンの息子も一緒です」

扉の向こうがシンと静まる。

開けてくれないかもしれない――この部屋に誰がいるかなんて、執事にも想像くらいはついているはず。そのうえで、シモンにはきつく、近寄らないよう言い渡されているだろう。

けれど葵はもう一度、強く言った。

「シモンの息子が熱を出しています。開けてください」

その一言は絶大な威力を発揮した。

扉はすぐさま開き、青ざめた執事が「ああっ、ソラ様……」と喘《あえ》ぎながら入ってきたのだ。

五年前にもいた執事だが、彼がこれほど取り乱すところを初めて見た。

けれど執事は元気そうな空を見ると、「しまった」という顔になった。葵は急いで、彼のそばをすり抜ける。老齢とはいえ、執事はタランチュラだ。葵の敵《かな》う相手ではない。再び部屋に閉じこめられる前にと、急いで廊下に走り出た。

「あおいっ？」

抱いている空が驚いたように声をあげるが、構っている余裕はない。

後ろで執事が、「お待ちください」と叫んでいる。捕まったら抵抗する術《すべ》はないと分かっているから、葵は無我夢中で走った。城の中は五年前の記憶となにも変わっていなかった。階段を駆け下り、ピロティへと出る。途中でメイドとすれ違うと、彼女たちは眼を見開いた。

広い庭を突っ切り、城門のほうへと最短距離を選んで走る。冷たい風がびゅうびゅうと頬《ほお》を打ち、石畳を蹴るようにして駆けて、葵はとうとう渓谷にまたがる大きな橋のすぐ近くまで来た。そのときだった。

「アオイ！」

切羽詰まった声がかかり、振り返ると、そこには青ざめ、あきらかに狼狽《ろうばい》した様子のシモンがいた。

駆けつけてきたのか、汗ばんだ額に、美しい銀の髪が張りついている。

「なにをしている⁉」

怒鳴られ、立ち止まった葵は一瞬、きょとんとしてしまった。

「あれ……。シモン、議会じゃなかったの？」

「今日は執務室にいた。一体、なにを……部屋を出るなと言ったのに――」

喘ぐように言うシモンの後ろに、ぞろぞろと人だかりができはじめていた。見ると、同じように走ってきたらしい執事やメイドの他にも、明らかに使用人とは雰囲気の違う、スーツ姿の男たちが集まっている。それぞれ胸元に金の小さなバッチをつけている彼らの中には、先日、葵を軽んじているとシモンに叱られた議員もいる。

（あ……この人たちも、議員か）
二、三十人ばかりの彼らをそう理解したとたんに、腕の中の空が「パパ！」と声をあげて、それから糸が切れたように泣きだした。
「パパ！　おへや、つまんない！」

まだ甘い発音の英語で空が言い、人だかりからは小さくどよめきがあがった。彼らは空を見て、感嘆したように息を漏らし、「グーティの子だ」「間違いない」「それも長じている」「おお、神よ……」と呟《つぶや》いている。中には十字を切る者や、笑み崩れる者、感動して涙ぐんでいる者もいる。

シモンはそんな背後を一瞬振り返り、苦しそうに眉根を寄せた。

「アオイ、来なさい。部屋に戻るんだ」

後ろの人々を無視するように言うシモンに、ついつい癖で言うことをききかけた葵だが――全速力で駆けてきて、気が抜けていたのもある――すぐに自分の目的を思い出し、ハッとした。

「い、いやだ」

ぎゅっと空を抱き締め、一歩後ずさると、シモンは不可解げに葵を見つめてくる。

葵はすうっと深呼吸した。

「シモン。いい加減、覚悟して。お願いだから。俺とソラを国民に公表して。部屋に閉じこめられるのはもう限界だよ。ダメだって言うなら、俺はこの橋を渡って、勝手にお前の国民にソラを見てもらうから」

橋の向こうは旧市街だ。大声で叫べば、家の中にこもっている人々も出てくるかもしれない。姿さえ見れば、空がシモンの子どもだということはすぐに分かる。

シモンは真っ青になり、半ば怒ったように唇をわななかせていたが、背後の議員たちは歓声をあげんばかりに顔に喜色《きしょく》を浮かべた。

「殿下、なんと素晴らしい提案でしょう。アオイ様は国民のことを想ってくださっている」

「そうです、すぐにでも公表しましょう」

「ソラ様の愛らしいこと。国民はきっと歓迎します」

口々に言う議員たちを、シモンはじろりと睨みつけた。彼らはそれだけで黙ったが、グーティの子どもを見た喜びのほうが勝るらしい。そわそわと落ち着かず、みんなが空を見つめているのを感じた。葵のことは、ほとんど誰も気にしていない。

「パパッ、あおいをおこらないで」

喧嘩をしていると思ったのか、空がそう叫ぶ。それから、空はもうたまらなくなったように声をあげて泣きだした。おへやつまんない、と繰り返す。シモンの顔から険しさが消え、かわりに困ったような色が浮かんだ。

「パパ、いっしょにあそぼうよ。……あおいとそらがきたの、うれしくないの？」

周囲から憐《あわ》れむ吐息が漏れる。シモンがため息をつき、空の背中を撫でている葵にそっと寄ってきた。さすがに葵ももう、橋を渡るとは言いはれなかった。

「ソラ、そんなわけがない。……すまない、不安にさせたな」

恋愛には疎くとも、小さな子どもの面倒をみたことはあるシモンが、そう言って空の小さな体を抱きあげる。葵はおとなしく、空をシモンに渡した。パパ、パパと泣きじゃくり、空がシモンの首に腕を回す。背後の人々は、なにやら嬉しそうにそれを見ている。

（……うん。たしかに、絵になる）

同じ銀髪に碧眼《へきがん》の、美貌の父と子が抱き合っている姿は、葵が見ても神々《こうごう》しかった。人々の視界から、自分はすっかり消えている。そのことに気づいて、胸が痛まないわけではなかったが、とりあえず空はケルドアの人々に歓迎されそうだと分かっただけでもよかったと葵は思った。

「お前は昔から、時々、驚くような無茶をする。……普段はおとなしいというのに」

とりあえず議員を帰し、使用人たちを落ち着かせたあと、シモンはしばらく空と遊んでくれた。空は泣き疲れたこともあり、三十分もすると満足して寝てしまったので、葵は今、シモンと二人、寝室の隣の居間で向き合っているところだ。

ため息まじりに言われ、う、と言葉に詰まったが、小さく「勝手をしたのは、ごめん」と謝る。

「……でも、分かってほしいんだ。俺とソラは、日本には帰らない。お前がなんと言っても、そばにいようって約束してきたんだよ。……シモン。それとも俺たちがそばにいたら、そんなにもお前を苦しめる？」

長椅子に座り、隣のシモンへ身を乗り出して言う。

シモンはハア……と深くため息をついた。大きな手を額にあてて、なにかに悩んでいるような顔をしている。

「苦しいのは……苦しい」

と、シモンに言われ、葵はドキリとした。胸がぎゅっと絞られたように痛む。やはり迷惑なのかと、眼の前が暗くなりそうになる。けれどシモンが「もちろん、嬉しくもある」とつけ足したので、葵は思わず眼をしばたたいた。

「……お前たちの顔を見ると、安らぐような、嬉しいような……気持ちになる。だが同じくらい……苦しい。公表すれば……ソラはいいが、お前はきっとひどい扱いを受けるぞ」

「そんなこと……分かってて来たよ」

「たちが悪い」

シモンが辛そうに言い、もっとも、と言葉をついだ。

「私にも分かっている。いずれは公表せざるをえない。……だが。だが、あの議員たちの言動を聞いただろう？　お前の気持ちや身の安全など、なにも考えていない。ついさっきだってそうだ。お前が公表しようと言ってくれたのに、あの中の誰か一人でも、お前に対して感謝を述べたか⁉」

突然顔をあげたシモンが、怒鳴るように言うので、葵は驚いてしまった。

どうだったろうか――。

……殿下、なんと素晴らしい提案でしょう。アオイ様は国民のことを想ってくださっている。

そう言われたことを思い出す。

「国民を想ってるとは、言ってくれたけど……」

「お前に言ってはいない。私に言っただけだ。私じゃなく、なぜお前に言わない。アオイ様、感謝いたします、と言うべきだろう。あの態度を見ていると、とてもお前のことを公表する気になれない。お前になにかあっても、あいつらは平気なのだぞ！」

シモンは激しく怒鳴り、どん、と足を踏み鳴らした。

葵はぽかんとしてしまった。

「……俺があの人たちに優しくされないのを、気にしてたの？」

——単に葵の存在や愛情が、重たく煩《わずら》わしいわけではなく？

「俺はてっきり、お前は俺がいると、いつもどおり振る舞えなくていやなのかと……」

「それはある。心配事が増えた。仕事をしていても、お前の顔が見えないと……なにか危ない目に遭っていないかと不安だ」

「俺、ついていってもいいよ、お前の仕事に。……迷惑じゃなければ」

「……そういう話ではない。……違う。……お前が谷底に落ちかけたのは明け方だった。私の眼が届かないところでだった」

五年前の話だ……と葵は気づく。

シモンの母のアリエナを追いかけていき、死にかけた日。あのときはシモンが助けてくれたけれど、そうでなければ葵は確実に死んでいただろう。

「……あのとき、お前を捜すよう城中の者に命じたが、誰も真剣に捜さなかった。……グーティのソラは大事でも、お前のことは……テオがそうされていたように、誰もが無視するだろう。……私はそれが、我慢ならない……」

葵は不思議な気持ちだった。これは喜んでいいところだろうか？

愛していると言われているわけではないけれど、とても大事に想っている、そう、言われている気がする。それともただ単純に、シモンが優しいから、そう思ってくれるだけなのか。

「……じゃあ、もう一人子ども、作る?」

思わず、ぽろっと言っていた。

浮かれてしまったのだ。

とたんにシモンが固まり、口をつぐんで葵を見下ろした。葵はハッとして、自分の言った言葉にまっ赤になった。

「わっ、ごめん。今のはなし」

俺はお前を好きだけど……と、焦ったせいで、言わなくていいことまで言ってしまう。

「お前は俺を抱きたいわけじゃ……。ただ、もう一人いたら認めてもらえるかなって……」

「……体への負担が大きいのに、なにを言う」

返ってきた言葉が思った以上に冷静で、ぐさりと心が傷つくのが分かった。浮き立っていた気持ちがしゅんとしぼみ、そうだよな、バカなこと言っちゃった……と、葵はごまかした。

不自然な沈黙が、数秒続いた。

「……でも俺もソラも……お前と一緒にいたいんだよ。お前にも、ちょっとだけでも、そう思ってほしいから……」

葵はパッと顔をあげ、「この前言ったこと。あれ、冗談じゃなくて」と続けた。

「俺はいないことにしても、いいんだよ？　お城の下働きでもいい。誰の眼にもつかないようにしてたら、みんな気にしない。もともと無視されるのは慣れてるし。でもソラは、まだ小さいし、閉じこめて育てるなんてかわいそうだろ？」

シモンが眉をひそめたが、葵はなんとか分かってもらおうと、シモンの膝に置かれていた手へ、自分の手を重ねた。

「いっそ死んじゃったことにしても、本当に平気なんだ。俺は隅っこにいるから……ソラの母親はさせてほしいけど……お前の伴侶になろうなんて贅沢は考えてないよ。時々思い出してくれたら、話したりは、したいけど……それだって――」

「アオイ」

シモンは苦しげに顔を歪《ゆが》めて、強い声を出した。

「やめてくれ。お前を下働きになど……するつもりはないし、死んだことにもしない」

「だけど、お前は俺がいると、不安なんだよね？　……でも俺、そばにいたいんだ。……たとえば、普段は話せなくても、お前が見えるくらいの場所には……」

「アオイ……」

シモンは責めるような声になった。不意に手首をとられ、引き寄せられる。ぎゅうと抱き締められると、胸がドキドキした。

「……お前を特別に想っている。他の誰よりも……。ソラを公表するなら、お前とは結婚するのが道理だ」

結婚。

想像しなかった二文字に、心臓がドキンと飛び跳ねた。

「……なにを言えば、お前はそんな悲しい考えをやめる？　分からない……私が言わせているのか？」

辛そうに呻くシモンに、葵まで悲しくなってきた。自分で言っておきながら、無神経だったと反省する。

シモンの愛を理解しているつもりなのに、それが自分の持っている愛とは違うというだけで、ひがみのような気持ちが出てしまった。シモンが葵をないがしろにして平気なはずがないのに、つい、それを忘れてしまったのだと思い至り、葵は自分の言動が恥ずかしくなった。

「ごめん。……シモン。変なこと言って」

大きな彼の背に手を回すと、シモンが葵の肩に、頭を載せてきた。

——ただお前を愛してて、お前を幸せにしたい。それだけなんだ……。

そう思う気持ちを、口の中に閉じこめる。

「もう、お前たちを帰せないと……分かっている」

呻くように言うシモンの本音が、ただ周囲に知られた以上、「公人として」帰せないだけなのか、一緒にいたいから「個人として」帰したくないのか……どちらなのかを葵は知りたかった。

けれどどちらのシモンも、大事なシモンだ。

個人の気持ちでなければいやだと思うのは勝手だが、押しつけてはいけない――そう考え、葵は訊《たず》ねたい気持ちを抑えた。

「だが私は……子どものように駄々《だだ》をこねて……議会の人間にだけでも、分からせねばならない。私にとってはソラだけではなく、お前も、特別なのだと……」

「――じゃあ、わざと、ごねてるってこと？」

あれ、と思って訊くと、シモンは「少しだけ、それもある」と答えた。

葵は眼を丸くしてしまった。

「……お前って。そうか。お前って、大公なんだ……」

葵の頭では分からないことを、シモンはいろいろと考えているらしい。少し体を離したシモンは、「だが、苦しいと言ったのは、嘘《うそ》ではない」と続けた。

「……さっきのようなことを、またされては困る」

見つめ合うと、シモンの青い瞳が切なげに揺れていた。葵のことを案じている眼。もしも旧市街へ勝手に行っていたら……シモンをどれだけ心配させただろうか。

橋のところで呼び止められて振りむいたとき、シモンは白皙《はくせき》の顔を真っ青にしていた。

周囲に葵を大事にさせようと、わざとごねているというシモンも、お前がいて苦しいというシモンも、結局のところ〝葵を特別に想っている〟シモンなのだと分かると、胸がドキドキとしてきた。

それは恋愛かどうか分からないが、大事にされているのだという実感で、指先までがじんわりと温かくなってくる。

「でも俺……お前が結婚してくれるなら、すごく嬉しいし……なんでも耐えられそう」

思わず、浮かれた本音が出た。

――俺はお前のこと、好き。

愛してるよ、シモン。

顔を見て言う勇気はなくて、伏し眼がちに囁くと、シモンはしばらく黙りこんでいた。

やがて「そうか」とだけ呟く。

予想どおり、それ以上の言葉はない。体を離して、シモンは立ち上がった。

「……部屋の中にずっといさせるというのは、不健全だったな」

愛しているなどと言って、引かれてしまっただろうか？

ふと不安になったが、シモンの声に不快そうな色はない。拒まれなかっただけいいか、と葵は思うことにした。

「ソラはストレスを溜《た》めていたようだ。……どうして欲しい？」

「それはもちろん……自由に、城の中を歩けるようにしてやって。あと、お前との時間ももう少し作ってやってほしい。せめて食事と、夜だけでも……」

「……そうしよう」

葵は今ならきいてもらえるかもと、「あの」と続けた。

「ここはお前の部屋なんだし、俺はお前と……一緒に寝たい」

五年前のように。

拒まれるかと思ったが、しばらくの沈黙のあと、シモンは分かったと言った。

「――議会と話し合う。公表はいずれする。時期はまだ見合わせるが……」

やっと葵のほうを向き、シモンは淡々と、「結婚もする」と続けた。

「……お前の家族に申し入れをしなければ。それでいいか？」

訊ねられて、葵は何度も頷《うなず》いた。結婚すると言われたことで緊張して、頭が上手《うま》く回らなかった。事務的なシモンの確認がいくつか続いたが、その間も、葵はしばらくぼんやりしていた。

やがて仕事に戻ると言うシモンに、やっとのことで、一声かけることができた。

「あ、あの。シモンはそれでいいの？」

訊くと、シモンはなにが、というように葵を見た。

「……俺と結婚して、いいの？　……他にいくらでも相手はいるのに」

「ソラを産んだのはお前だ」

切って捨てるように言われたので、葵は口をつぐんだ。そういう契約だっただろう、という言葉が続くのではないかと、不意に怖くなる。

甘い言葉を期待していたわけではなかったが、思った以上に乾いた答えだったので、怯《ひる》んでしまった。

「あ……そ、そう……」

しょんぼりとした声に、内心のがっかりした気持ちを知られるのを恐れて、葵は慌てて「そうだよね」と明るくつけ足した。

シモンは本当に仕事に戻るらしく、葵に背を向ける。

けれどドアノブに手をかけたシモンは、不意にため息をつき、こめかみに手をあてて、動きを止めた。どうしたのだろうと思っていると、パッと身を翻し、また葵のところまで戻ってくる。

「シモン……？」

不安な声を出す葵に、シモンの手が伸びてきた。腕をとられて、葵は立ち上がる。と、シモンがさっきよりも強く、葵を抱き締めてくれた。

「他に言い方が……分からない。お前が傷つくのは、分かるが……だが……」

喘ぐように言葉をつむぎ、シモンが「道具のように、義務のように、結婚したいと言っているのではない」と弁解した。

「……だが、この感情をどう、言っていいか」

分からないのだと、シモンは苦しそうに続けた。

葵はようやく、シモンの言わんとしていることが分かった。

俺でいいの、と訊ねた葵に、お前がいいとは言えないシモン。

葵を傷つけたくないと思いながら――それでいて、嘘もつけないのだ。その葛藤がシモンの苦しげな声からひしひしと伝わってきた。

（……本当に、不器用な人……）

葵は回した手で、その大きな背を、優しくさすった。

「……シモン。ごめんね。俺、すぐ傷ついて」

――お前が好きだから、分かってても、覚悟してても、見返りがなくていいと思ってても、お前の言葉に一喜一憂してしまう。

シモンは、本当に冷たい人間ではない。葵が傷ついたことを感じ取り、それをどうにかして慰めたいと思ってくれる。

「これだけは分かってほしい。……私が結婚しようと思ったのは、お前だけだ。これまでも。これからも――」

「うん」

それで十分だよ、と葵は言って、シモンの体にぎゅっと抱きついた。

甘くスパイシーなシモンの香り。それを深く吸いこむと、幸せな気持ちになった。この不器用な愛を、葵だけが知っている。それ以上、なにがいるというのか。

「嬉しい。お前と結婚したら、俺、ずっと一緒にいられるよね」

そう言うと、葵を抱いてくれるシモンの腕に、さっきよりわずかに力がこもる。

しばらくの間、葵はシモンの胸に甘えて、ささやかな幸福感に酔いしれることにした。

愛しているから結婚しようとは言われなくても、守るために結婚するとは言ってくれているのだ。

五年前からしたら、大きな進歩だ。シモンは葵の体ではなく、葵自身を見てくれているのだから。

葵は自分の期待やひがみを反省しよう、と思った。これからも、欲張る気持ちは抑えきれなくなることがあるだろう。それでもできるだけ、ありのままのシモンを愛したいと、葵は思い直した。

　仕事に戻るため廊下に出たシモンは、いつもどおりの歩調で、いつもどおりの無表情で、執務室へ向かっていた。

　部屋には議員たちを待たせてある。

　面倒だが、空の姿を見た彼らはより一層、国民への空の公表を迫るだろう。

　葵については？

　たぶん、誰も言及しない。結婚を勧める者がいるかさえ、疑問である。どうせ彼らの眼中には、グーティの子どもしか入っていない。

　知らず、舌打ちが漏れていた。

　一言くらい、葵への感謝を口にし、葵のためになにができるか言う人間はいないのか？

　誰が空を産み、あそこまで育ててくれたと思っているのだ――。

　シモンの心は二つに割れていて、一つは葵と空をそばに置いておきたくないという気持ちだった。傷つけたくないから、そして、葵といると、どう振る舞えばいいか分からなくなるのが苦しいからというのもある。

　けれどももう一方では、二度と離してなるものかという気持ちがある。

　それが、シモンに議員たちを試すような行動をとらせていた。ごね、嫌がり、はねつけて、シモンは待っている。

　彼らが、葵と結婚するべきだと言うのを。葵に眼を向けるのを。

自分が大事にしているのは空だけではなく、葵もなのだという態度を、シモンはよりはっきりととっているつもりだった。

（……だが、私も……アオイに感謝を、伝えてはいないか）

ふと、そう気付く。空を産み、育ててくれてありがとうと、一度も言っていないと思い、シモンは立ち止まった。

広い廊下には人気《ひとけ》がなく、シンとして、窓から入りこむ風は冷たい。

それなのに、腕にも胸にも、今もまだ葵を抱き締めていた感触が残っていて、それはぽかぽかと温かかった。

今夜から一緒に寝たいと言われた。

空の部屋が用意されるまでは、三人一緒になるだろう。どちらにしろ、腕にあの二人を抱いて眠るのだ。

それを思うとなにか言葉にならない、熱いものが胸の奥へと広がっていく。

ずっと一緒にいられると、嬉しそうに言っていた葵の声が耳に蘇《よみがえ》り、するとなぜか気持ちが弾んだ。私は葵を喜ばせたらしい――と、思う。

自分には愛など分からないが、葵は、自分を愛しているのだと……そう考えると、なぜだか誇らしかった。

（本当は、どう言えばよかったのだろう……）

　窓の外に広がる、曇った秋の空を眺めながら、シモンはそう考えた。結婚するという予定をなんと伝えれば、葵はもっと喜び、嬉しそうにしてくれたのか。

　答えは簡単すぎるほど簡単だったが、愛している、とは言えない。それが真実かどうかが、シモンには分からないのだ。

　それ以外の方法なら、なにがあっただろうと思う。

　無意味な思考だと頭の隅で声がした。これほど、愚かな時間の使い方はないと。

　けれど執務室に戻れば、今抱えている雑多な感情は、すべて消してしまわねばならないのだと思うと――。シモンはあと少し、ひたっていようと思っている自分に気がついた。

　抱き締めた葵の体の細さや柔らかさ、甘やかな匂いや、体温。

　嬉しいと言われたときの、胸が躍るような気持ちに。

　それが愛かどうかは分からなかったが。

　シモンは立ち止まったまま、ほんの数十秒、胸に芽生えた名もなき感情を、一人こっそりと噛《か》みしめた。そうしてそれは、間違いなく、幸福な時間に思えたのだった。

二

朝起きると、葵《あおい》付きのメイドが一人、城からいなくなっていた。

……シモンである。

シモン・ケルドアの仕業《しわざ》である。そう思い至った葵は、朝から罪悪感と焦燥と、ちょっぴりの優越感と——それに伴う激しい自己嫌悪で、途方に暮れてしまった。


十二月も半ばとなると、ケルドアは葵の故郷、日本とは違い、真冬の冷えこみになる。

葵と空《そら》が、シモンの国、ケルドア公国を訪れてから二ヶ月が経《た》っていた。

この二ヶ月は、葵にとっても、空にとっても、そしてシモンにとっても変化の大きな、忙しい日々だった。

守りたいからこそ葵と空を遠ざけようとするシモンを、一人ぼっちにしないと決めた。

そのために、葵は空とケルドアへやって来た。当初こそ、二人の存在を公にはしないと言い張り、たびたび日本に帰ったほうがいい、と言っていたシモンの態度も、一ヶ月かけてようやく軟化した。

そうしてとうとう二十日ほど前に、葵と空の存在を正式に公表することと、葵との結婚がはっきりと決まったのである。

あまりに折れないシモンのところへ、議員たちは毎日泣きつかんばかりに通ってきて、ついには保守派の議員まで、

「ソラ様へ、お世継ぎの強制はしないと、ここに明文いたします」

と誓約書を取り出したし、それだけでは足りないとみると、より柔軟な革新派は、

「殿下になにかあられた場合、殿下の全財産をアオイ様へ贈与すると認めます――」

と、言い出した。

そこでやっと、シモンは納得したようだった。

「ソラに、私と同じ責任はけっして負わせないこと。大公家の資産を受け継ぐ正統な権利者として、アオイを認めること」

この二つが、シモンの悲願であったらしい。

それを議会が認めてくれたので、話はそこから大きく進み、年明けの一月中旬に、世間に空の存在を公表し、葵とシモンは結婚することとなった。

シモンがこれほど話を引き延ばしたのは、ひとえに葵と空のためだと、葵は知っている。

なぜなら、葵と空はケルドアにやって来た初日に、駅前の広場で人目を憚《はばか》らずシモンと抱き合い、それは通行人の携帯電話などで写真に撮られて、とっくにゴシップニュースとなり、世界中を駆け巡っていたからだ。

シモンに正式な発表を、とせっついていたのは、議会や国民に限ったことではなく、海外の報道機関や他国の王室関係者もそうだった。だがなんといっても、旧市街に住まう純粋なケルドア国民からの嘆願は、とりわけ凄《すさ》まじかったそうだ。

と言っても、葵はその実情を目《ま》の当たりにしたわけではない。

この二ヶ月、「危険だから」と心配するシモンに禁じられて、葵も空も城の中に引きこもって過ごしていた。

それでもフリッツや、今では顔なじみとなった議員の一人に、

「また国民が城の前に座りこんでた。おそらく、ソラ様に会いたいってやつだな」

と笑われたり、

「アオイ様、どうぞ殿下をご説得ください。議事堂の前に、八十をとうに超えた国民が、何人も何人も、長時間居座っているのです……」

と泣きつかれれば、いかに事態が深刻なのか、うっすらとは知ることができた。

そして彼ら国民を、まるで己の子であるかのように大切にしているはずのシモンが、今回はびくともしないのだから、

（さすが強靱《きょうじん》な精神力……）

と感嘆するやら、

（それほど、俺たちを想ってくれてるの……？）

と感動するやら、国民たちに申し訳ないやら……さまざまな気持ちが乱れ飛ぶ、そんな日々だった。

そうは言っても、シモンとの婚約生活——一応、結婚を前提としているし、既に子どもだっているのだから、婚約生活と言っていいだろう——が甘いかというと、そうでもないので、葵も毎日を悶々《もんもん》と悩みながら過ごしていた。

葵の気がかりの一つは、慣れない外国に突然連れられてきた我が子、空のことだった。英語もろくに話せない子どもが、城での監禁生活に耐えられるかと、葵は心配していた。

しかしその悩みはどうやら取り越し苦労だった。

空は自分から『パパのところにいく』と決めたせいもあるのか、葵が思うより何倍も早く、ケルドアでの生活に馴染《なじ》んでいったからだ。

空はまだ四歳なのに、ケルドアに着いて三日後には『一人部屋で眠る』と言い出した。日本では布団を並べて寝ていた葵はびっくりしたけれど、どうやらフリッツに、『こっちの子どもはみんなベッドで一人で寝るぞ』と聞いたかららしい。

『パパはこのくにのおうさまでしょ？　ぼくはおうじさまだってフリッツがゆってたよ。

おうじさまはみんなよりつよくなきゃいけないよね』

当初、その言葉を聞いた葵は慌てた。日本では、散々我慢をさせてきたのだ。ケルドアに来てまで、辛い思いをさせたくない。わがままを言ってほしいと思い、ずいぶん話し合った。膝に抱き、丸い可愛い瞳を見つめて、優しくその背を撫《な》でながら、

『お母さんは、無理に王子様になってほしいなんて、思ってないよ』

と言い聞かせた。

けれど空の決意は固かった。

『へいきだよ。パパとあおいがいっしょだもん。そらね、みんなに、おうじさまだって思ってもらうの』

空の言う〝みんな〟とは、ケルドア国民のことだろう――。

たった四歳の子どもが、どれほど国や世間を認識しているのかは分からなかったが、空はとりわけ葵のために、きちんとしようと努力していた。親子三人で暮らしていくためには、自分がしっかりしなければと幼心にも決めているようだった。

英語の勉強も頑張ると張り切り、空は子ども部屋と一緒に、語学を教えてくれる先生が欲しいとシモンにねだった。

シモンは空には、砂糖菓子のように甘い。ねだられると電光石火でそれを揃える。子ども部屋も家庭教師も、三時間後には見つくろい、若くて優しい住み込みのナニーまで、そ

の日のうちに城へとやって来た。

そのシモンのスピードにも驚いたが、次々と与えられる新しい環境をすぐさま受け入れていく空の柔軟性に、親の葵のほうがついていけなかった。

それでも、空のために来てくれたナニーは、葵にとっても心強い存在になった。

彼女はフリッツの母国、隣国ヴァイクから呼びよせられた。

名前はリリヤといい、ヴァイク国の下級貴族の子女で、二十二歳。葵より一つ下だった。

起源種はコモリグモで、一応はハイクラスだが、タランチュラに比べると小型で下位種にあたる。そのせいか、はたまたシモンに頼まれたフリッツの人選がよかったのか、リリヤは公平で聡明であり、葵はすぐに親しみを感じた。

なにより彼女が来てくれたことで、葵はケルドアに住む唯一の外国人、という状態から抜け出すことができた。

——ソラ様は本当によくできたお子ですわ。

と、リリヤはいつでも手放しで褒めてくれるが、実際、ケルドアに来てからの空は見違えるほど成長した。一ヶ月もすれば英語とドイツ語をそれなりに使いこなすようになり、友だちがほしいとパパにねだって、犬を買ってもらった。勉強時間が終わると、レオと名付けた大きな犬と、日暮れまで庭で遊び回るようになり、その無邪気な笑い声は冷たい城の中いっぱいに響いて、厳《いか》めしげな使用人たちでさえ口元をほころばせるようになった。

空は彼らにも物怖《ものお》じせず、無邪気に笑顔で話しかける。

ケルドア人の彼らにとって、空は神さまの子どもであり、天使のようなものだ。尊ばれ、愛されて、年をとったメイドに、内緒でこっそりパイをつまみ食いさせてもらっていたことなどが、あとから分かったりもした。

葵のほうは相変わらずの異邦人扱いで、空の母親だから置いてもらえてはいるが、基本的には空気のような存在だった。

簡単に言うと、使用人は葵を無視していた。仕事はしてくれるが、個人的な会話などはまるきりない。空を産んだことに感謝してくれる雰囲気でもなく、彼らは、空の母親が誰なのか忘れているように葵には見えた。

(でもまあ……誰かに褒めてほしくて、産んだわけでも、育ててきたわけでもないし)

それよりも、これまで一人で仕事と育児に追われっぱなしだったのに、空を面倒みてくれる人が増え、葵自身もシモンの正式な婚約者となって、急にぽっかり時間が空いたことに戸惑っていた。

一応今後に備えて、葵自身もシモンに頼み、午前中は空と一緒にケルドア語やドイツ語の勉強をさせてもらっているが、それでも午後はまるまる空いている。空と遊ぶといっても、庭にはシモンが急遽《きゅうきょ》作らせた遊具もあり、犬のレオもいれば、ほぼ毎日やってきてくれるフリッツや、リリヤの存在もあるので、葵の負担はかなり軽くなっている。夜だって、空を寝かしつけてしまえばあとは仕事はなく、葵はシモンの部屋で、朝までぐっすり眠らせてもらえた。――ぐっすり、というのが少し淋《さび》しい。つまるところ、葵とシモンの間には、抱き締めるより他の触れあいは皆無なのである――。

だが、シモンには大事にされていると思う。

というのも、シモンは葵のために、たびたびメイドを解雇するからだった。


「どうしてレティを解雇したの？　しないでってお願いしたでしょ」

その日の夜、仕事を切りあげて寝室へ戻ってきたシモンに、葵は我慢できずに訊《き》いていた。

空はもう、自分の部屋で眠っているから、部屋には二人きりだった。葵は今日、このときまで、ずっと言いたかったことを我慢していたのだ。

昼食は城内の食堂で、余裕があればシモンも空と葵と一緒にとるし、夕食もそうだった。けれど食事中は使用人の眼がある。本当に二人になれるのは夜の寝室くらいだ。なので、葵は日課の寝酒を飲んでいるシモンに、勇気を出して切りだした。

ウィスキーグラスを揺らし、シモンはサファイアブルーの美しい瞳を、ちらりと葵によこす。ガウンと寝間着に包まれた体が大きく逞《たくま》しいことを、葵は知っている。もっとも、その一番奥深いところには、もう五年以上触れていないし、この先触れることがあるかどうかも――分からなかった。

なにしろ、シモンは唇にキスさえしてこないし、性的な接触を望んでいる素振りを、これまで一度も感じたことがなかった。

シモンを好きな葵はそれが淋しいけれど、恋愛感情を求めてここに来たわけではないから、仕方がないと割り切ってもいた。

今の問題は、自分たちの〝夜の生活〟ではない。

それよりなにより、メイドの解雇である。

「……誰のことか覚えがないが。解雇と言っても、遠ざけただけだ。べつの職場を与えている」

グラスをあおり、シモンが言う。葵はムッと口をつぐんだ。仕事が終わったあとの眠る前のわずかな時間、シモンは必ず寝室の長椅子で酒を飲む。葵は毎日それに付き合っており、婚約者らしいことといえば、このときのささやかな会話くらいだ。それは五年前、まだ葵が空を産む前も、同じような感じだった。違うのは、あのころよりもシモンが葵に甘いことくらいだろうか。それでも、一緒に寝たいと言い出したのも、毎晩積極的に話しかけるのも葵のほうなのは変わらない。

「レティは俺の部屋付きだったメイドだよ。……俺にお茶を運んでこなかった……でも、それだけ。だから解雇はしないでって言ったのに」

　そう告げたとたんに、シモンは持っていたグラスをガタンと大きな音をたてて、サイドテーブルに叩きつけた。

「それだけだと？　なにがそれだけだ。お前につかせて二週間、私が見ていない時間帯は、一度もお前に飲み物を運ばなかった。水差しは空だった。リリヤが言わなければ、お前は黙って耐えていたつもりか⁉」

　シモンは怒っていた。葵は一瞬たじろぎ、けれどすぐに「水くらい……自分で汲んでたから」と言ったが、それはシモンの怒りの火に油を注ぐだけだった。

「いずれは共和制になるとはいえ、お前は一国の大公妃になるのだぞ。大公妃がなぜ広くて寒い城内を、水差しを持って歩く必要がある？　ケルドアの名折れだ」

「……それはそうかもしれないけど、俺は居候《いそうろう》のようなものだって、お前も割り切らなきゃ。少なくとも、こんなことでメイドを解雇し続けていたら……俺はもっと、お前の国の人たちに嫌われちゃう……」

　葵がこの国に来て、シモンが解雇した使用人は、既にかなりの数だった。

　シモンは葵にちょっとでも失礼や意地悪を働いたものを、けっして許そうとしなかった。一時間のうちには、葵が知らない場で解雇が言い渡され、気がつくとべつの人間に変わっている。

葵の部屋付きのメイドは、既に三回変わっていた。一人めは、はっきりと蔑《さげす》みを口に出してきたメイドで、葵は耐えていたが偶然シモンに立ち聞きされた。二人めは、葵の菓子皿に、腐ったパイを一つ、載せた。それが三日続き、悲しくてリリヤに打ち明けると、リリヤからすぐにシモンに知れて、激怒したシモンがメイドを追い出した。そして三人めのレティは、午後の間、葵に飲み物を出さなかった。今度はリリヤにも言わず、葵は自分でこっそり水を汲みに厨房《ちゆうぼう》まで下りていたが、目敏《めざと》いリリヤが二週間めに気づいたらしい。

リリヤを責めることはできない。彼女は完全に葵の味方で、葵を軽く扱う使用人達に心底から怒ってくれている。そしてそれは、シモンも同じだった。

「一人めのときからそうだったが、なぜお前は私に言わない？　なぜ我慢するのだ」

淡々と、けれどはっきりと責める口調でシモンが言う。葵は困り、「それは……」と、口ごもった。

言えばシモンが、メイドを解雇すると分かっているからだ。

葵はケルドアの国民に、自分を受け入れてもらいたかった。愛されなくても構わないから、自分たちの神さまであるシモンを奪っていった悪魔のようには思われたくない。だから部屋付きメイドはケルドア人で、と頼んだし、まずは彼女たちに認めてもらわないとも思っていた。

頑張れば分かってくれる。そうひたむきに信じられるほど、葵も子どもではなかったけれど、そう思ってでもやり通さなければならないことが、世の中にはあると思っている。

「みんなお前を神さまみたいに思ってる。……いくらソラを産んだとはいっても、彼女たちからしたら、俺は大事な神さまを奪った、悪女みたいに見えてるんだよ。そばにいて、分かり合えるまで努力するしかない。それに……お前が解雇し続けてたら、彼女たちはお前のことまで悪く思うかもしれないんだよ」

大公は、婚約者に夢中。

自分の国の国民より。

そんな言葉が城中で囁《ささや》かれることを、葵は恐れてもいる。

「どう思われようが構わない。価値観の違う人間を、変えられるなどと思うほうが甘い」

切って捨てるようなシモンのいつもの口調だったが、さすがにもう慣れたので、葵は食い下がった。

「それは分かるよ。ここがたとえば日本の職場とか……友だち関係とかなら、俺だって、分かり合えない人とは分かり合えないって、諦める。でも、この問題は全然違う。ケルドアの国の人たちと、俺の問題なんだよ。……きっと、すごく長く時間がかかる。意地悪されるのは、彼女たちが傷ついてるからかもしれない」

「傷だと？」

シモンが不可解そうに眉根を寄せる。葵は分かってほしくて、つい身を乗り出した。

「自分たちの神さまが、ケルドア人じゃなく、見知らぬ国の他種を選んだっていうことに……もしかしたら深く傷ついているのかもしれない。だったらそれに怒りで返してても、なんにも変わらない。傷つけてるのは俺なんだもの」

「……アオイ」

こめかみに手をあて、シモンは頭が痛む、というようにため息をついた。

「やめてくれ。たとえ傷ついていたとしても、それは勝手に傷ついている人間が悪いのだ。選ばれたお前を傷つけてもいいわけではない」

まっとうな意見である。葵は黙ったが、納得しているわけではなかった。反発に反発で返せば、さらに抵抗は強くなるという自分の考えもまた、間違っていないと思う。

「……でもシモン」

まだなにか言おうとした葵の言葉を、シモンが「私は」と遮った。

「お前を守ると誓った。だからこの国に受け入れた。なのにお前は、進んで傷つくというのか？　お前が傷ついている。そう思うと、私はひどく苦しい。そう知っていても？」

悲痛な声だった。見ると、葵を見下ろすシモンの瞳は、悲しげに揺れていた。感情豊かとはとても言えないシモンだったが、このごろは美しい青い瞳に、時折こうして強い気持ちを滲《にじ》ませる。青いあかりのように、薄闇の中で揺れているその眼に、葵の胸が締めつけられた。

「……お前が、私の知らぬところで密《ひそ》かに苦しんでいた。あとでそれを知ったとき、私がどれほど辛いか、想像したことはあるのか……？　一人めの罵詈《ばり》を偶然立ち聞いたときも……リリヤから、お前がひどい扱いを受けていると聞いたときも、私の胸は張り裂けそうだった。……そんなときでもお前が、夜になればこの部屋で、私に笑いかけていたかと思うと……」

シモンの唇がわななき、美しく整った顔が歪《ゆが》む。

——ああ。これは幼いほうのシモンだ。

と、葵は思った。情緒が七歳をすぎたかどうかで止まってしまったシモン。そのシモンの心が、発している言葉だ。

「この国で、お前が幸せになれないなら、なんの意味もない。……そのために不幸になる人間がいても、私には関係ない。それに私に、これ以上なにを我慢しろと？　ケルドアを出て、お前とソラと三人で暮らすこともできる。だがそうはしないのだ。なら、自分の使用人くらい、自分で決めても構わないはずだ——」

言ううちにイライラと声を震わせはじめたシモンに、葵は悲しくなってきた。

不器用な愛情が、シモンから伝わってくる。恋愛感情というのとはまた違う、けれど、葵を大事にしてくれている、特別な感情だった。

「……シモン。シモン」

落ち着かせようと声をかけ、葵は手を伸ばした。シモンの頭をとり、胸に抱くと、シモンは素直に葵へしがみついてきた。

「ごめん。……シモンを苦しめたいわけじゃない」

どう言えばいいのか分からないまま言うと、シモンは「私を頼ってくれ」と呻いた。

「お前は千疋皮《せんびきがわ》の姫じゃない。……私にお前を……守らせてほしい」

懇願するシモンの声に、葵はうまく頷《うなず》けなかった。きゅうっと胸が引き絞られ、こんなふうに言ってくれるシモンへ、切ない愛《いと》しさを感じた。銀色の髪を撫でると、甘くスパイシーな香りがふわっと鼻腔《びこう》に漂う。

このまま抱かれたいという、浅ましい考えがちらりとよぎり、葵は慌ててそれを払いのけた。

そうしてこんなにシモンを愛しく感じ、シモンをもう傷つけたくないと思うのに、これから先また、使用人を解雇されては困る……とも思う。

（俺が来たことで、シモンを国民から孤立させたら……意味がない）

それでは歴史によく出てくる、夫をたぶらかし、傾国させた悪女と同じだ。

（どうしたらいいんだろう……）

空のことを考えると、来なければよかったとは思わない。けれど、ある程度空が育ったら……そうなってもまだシモンに愛していると言われず、ケルドア国民から受け入れても

らうこともなかったら。

(俺だけ、この国を出るっていう選択も……あるのかなあ)

ぼんやりと、葵はそんなふうに思った。

「それはアオイ様も悪うございますよ。殿下になにも言わないのですもの」

翌日の午後、葵は空のナニーである、リリヤと二人でお茶をしていた。そこはテラスになっており、空の遊んでいる庭がすぐ見える。一応は使用人と主人の立場なので、周りの眼もあり、リリヤは立って給仕をし、葵にお茶を注いでいる。初日、一緒に座ろうと誘うと、リリヤははっきりと葵をたしなめた。

――これから大公妃になられるかたが、そのようなはしたない真似をしてはなりません。目上の者として扱われる孤独は、あなた様に課せられた義務です。

……義務。

その言葉にハッとなり、葵は馴《な》れ合いがすべて正しいわけではないと知った。そうして、諭してくれたリリヤのことを、すぐに好きになった。以来、年は一つ下とはいえ、リリヤは城内の作法について教えてくれる、葵の良き先生となっている。

庭では空が歓声をあげて、すべり台で遊んでいる。すべり台の下には愛犬のレオが待ち構え、下りてきた空はフワフワのレオの体をぎゅっと抱き締める。その可愛らしい姿に、ふっと口元がほころんだ。

（同世代の友だちもいるといいんだけど……でもまだもう少し、かかるかな……）

せめて空の存在を、国に公表してからでないと――。

ぼんやりと考えていると、「これから、ご結婚式もありますし」とリリヤが続けた。

「それが終われば、さすがにアオイ様を認めざるをえないはず。だんだんに城内も落ち着いてきますでしょう」

「……結婚式？」

想像していなかった言葉に、思わず眼をしばたたく。

リリヤはお茶のおかわりを淹《い》れながら、「ソラ様の存在を公表されるのと一緒に、お二人は挙式されると聞いておりますが」と言った。

「ご存知なかったのです？」

葵は固まっていた。知らなかった。知らなかったし、結婚するとは思っていたが、それは入籍だけだと思っていた。

（挙式って……ど、どういうこと？）

すっかり驚き、戸惑っている葵の耳に、楽しそうな空の声が聞こえてきた。フリッツ、と名前を呼んでいる。顔をあげると、手に往診カバンを持ったフリッツが、庭を歩いてくるところだ。

「や。アオイ、ストーブがあるからって外に長居してると危ないぞ。きみは体が強いわけじゃないんだから」

テラスに上がってきて言うフリッツに、葵は困ったような、助けを求めるような眼を向けてしまう。フリッツが不思議そうに、リリヤを見る。リリヤはため息まじりに呟《つぶや》いた。

「お二人のすれ違いが、心配ですわね……」


「式？　ああ。ソラの公表と一緒に挙げる予定だ。そのほうが効率がいいだろう」

ちょっとお話しされてきてはどうですか、とリリヤに言われ、フリッツにも、それなら俺と行こう、と誘われたので、葵はシモンの執務室を訪れていた。今朝、朝食の席で、葵はシモンから今日の午後は書類仕事だと聞いており、幸い、シモンの部屋には議員や使用人はいなかった。

「結婚式を挙げるって聞いたんだけど……」

と、切りだすと、シモンはさらりと肯定した。

隠していたという感じではないので、葵が挙式に驚くとは、考えてもいなかったのだろう。

昨夜、二人きりの寝室で見た弱々しげなシモンと違い、今のシモンは仕事モードで、とりつく島もない雰囲気だ。

公人のシモンは、ある意味では葵にとって分かりやすいシモンである。感情的な部分を切り捨て、物事を冷静に見ていている。厄介なのは、昔と違ってこのシモンの根っこに、個人としてのシモンが覚醒していて、公人のシモンの行動の理由が、個人のシモンの感情によることがあり、そうなるともう他の意見など聞く気がない、という頑《かたく》なさを発揮するところだろう。たとえば、葵のためだけにメイドを解雇するときなどが、まさにそのいい例だった。

「おいおい、シモン。アオイに話してなかったのか？　議会じゃ連日準備に追われてるってのに……」

ため息まじりにフリッツが言い、葵は怖くなってきた。

空の公表と、葵との入籍は年明けを予定している。その公表と一緒に、シモンは結婚式をするという。

「シモン、式は……いいよ。ソラの公表をメインにしよう。俺はちらっと顔を見せるだけのほうが、ケルドアの人たちは喜ぶと思う」

そう言うと、シモンはムッとして眉根を寄せた。

「なぜだ。共和制までのわずかな期間とはいえ、お前はこの国の大公妃となるのだぞ。私の伴侶で、ソラの母親だ。大公家の結婚式なら、盛大に行うのが普通ではないか」

「……けど、みんなの楽しい気持ちに、水を差してしまうよ」

葵はうつむき、そう言った。

城の中に引きこもっているから、外で葵がどんなふうに言われているのかは、よく分からない。けれど初めに部屋付きになったメイドからは、

「ソラ様さえいればよかったのに。他種の外国人が母親だなんて、ソラ様のご経歴に瑕《きず》がついたこと。壁の外でも、みんなそう申してますのよ」

と、言われたことがある。

そしてそれはきっと、真実だろうと思われた――。

公表は形ばかりのものだ。シモンに子どもがいて、その子がグーティ・サファイア・オーナメンタル・タランチュラであり、母親が他種の日本人だということは、とっくに国民へ知れ渡っている。彼らはみんな、神さまであるシモンの子どもを切望しているが、同時に、産んだのが葵であることを苦々しく感じているに違いなかった。

公表のときには、城を開け放ち、誰でも入れるようにすると聞いている。一番大きな広場いっぱいに人を詰めて、全世界に発信するとも。

空の姿を見れば、国の人々は歓声をあげるだろう。けれど葵が出ていけば、冷ややかな視線が混ざることは想像にたやすい。

それでもそれが一瞬なら耐えられる。作った笑顔を張りつけ、目立たないように奥に控えていることも平気だ。空とシモンのためなら、その間じゅう小声で陰口を叩《たた》かれていても、構わない。

だが結婚式となると――主役は、葵になってしまう。しかも、誰も望んでいない主役だ。

「大公家の結婚式は……俺のためじゃなくて、国民のためにするべきものだよね。誰も楽しめないなら、しなくていいと思う。……俺は男だから、ドレスも着られない」

「お前は国民のことなど考えなくていい。ドレスなど着なくとも、正装すればいいだけの話だ」

「シモン、聞いて。俺をあんまり前に押し出すと、反感を買うよ。俺は後ろに控えてるくらいがいいと思う」

千疋皮の姫とまではいかなくても。

葵は性モザイクで、アゲハチョウ出身者で、異邦人なのだから――できることなら本当に、きれいなドレスよりも目立たない皮をかぶって潜んでいたいくらいだった。

いつもの無表情で葵の訴えを聞いていたシモンが、突然、苛立《いらだ》ちを含んだため息を吐き出した。

「いい加減にしろ、アオイ。昨夜と同じことを、私に言わせたいのか」

唸《うな》るような声に、びくりと体が揺れる。シモンは瞳に怒りをにじませて、葵をじろりと睨《にら》みつけてきた。

「……いいか。私にとってはソラもお前も同じだ。同じくらい重要で特別だ。国民には、それを知ってもらわねば困る。私はお前をないがしろにするつもりはない。そうやってお前が己を卑下するたびに、とても不快な気持ちになる。以上だ。この話はもうしない。挙式は慣例通り執《と》り行う。これまでの大公妃のときと、変わらずにな」

はねつけるような口調。

葵はなにか言おうとして、言えずに黙りこんだ。頭の奥に、昨夜の傷ついたシモンの顔が浮かんできたからだ。

――お前が傷ついている。そう思うと、私はひどく苦しい……。


――仕方ないさ。シモンはきみを、世界で一番大事な人だって見せびらかしたいんだ。

結局なにも言えずに執務室を出たあと、フリッツは呑気《のんき》にそう笑っていたが、葵はとても喜ぶ気持ちにはなれなかった。

葵を、シモンは、特別扱いする。

シモンは、もはや意地になっているかのように思えた。

（せめて……せめて、お前を愛してるから、国民にそれを見せつけたい……とか言われるなんて甘ったれたことを考えているのだろう、と思う。

葵はため息をついて、椅子の肘掛けに頬杖《ほおづえ》をついた。

挙式のことを知ってから、二日が経《た》っていた。

その間に、新しい部屋付きのメイドも決まった。メイドは年取った無口な女性で、動きはゆっくりだったが、少なくとも意地悪らしいことはなにもされていない。仕事は遅いし気が利くタイプではなかったけれど、頼んだことはちゃんときいてくれた。思うに、この女性がシモンなりに選んだ、「安全なメイド」ということなのだろう。

葵は物思いに暮れながら、彼女の仕事ぶりをぼんやりと眺めているところだ。

今、空は午前の授業中だ。今日は英語の指導なので、葵は一緒に受けていない。かわりにフリッツに頼んで借りた、ケルドアの歴史書を読んでいたが、なかなか頭に入ってこなかった。

（シモンが言うわけないか……愛してるから……なんて。近いうちに共和制になるとはいっても、国民にとってはシモンはずっと大公で……愛なんて言葉の前に、国がくるんだものな）

それほど国を大事にしながら、空と葵のために、一度は二人を遠ざけたシモンだ。

受け入れたからには、絶対に慣例通り行う、という気持ちがあるのだろう。

（そんなものよりお前の愛がほしい……なんて、口が裂けても言えないけど）

ついつい、愛情を期待する自分に、その望みは叶《かな》わないことを覚悟していたはずだと、葵は内心で呆《あき》れる。

国民に愛されない覚悟も、シモンから恋愛感情を向けてもらえない覚悟も、ちゃんとしているはずなのだ。

（なのに……この二ヶ月、毎日落胆して、毎日覚悟してたって言い聞かせてる。俺って、弱いな……）

なまじ大切にされていると分かるぶん、ふと期待が湧く。これからもきっとそうだろう。ならば期待しては裏切られ、そのたびに覚悟していたと思い直すことを、ずっと続けるしかない。

（……よし。何回も諦め直す。それを、覚悟しよう）

葵は自分で自分にそう言い聞かせることで、なんとか冷静さを取り戻していた。

正直、ちっとも望んでいないけれど、挙式のことだってシモンなりの誠意だろう。ありがたく受け取ろう、と決める。

（これも大公妃の義務——と思おう。それで受ける誹謗《ひぼう》中傷も……空とシモンさえ元気なら、いいや……）

椅子に寄りかかると、曇った冬の空が窓の外に見える。

重たく垂れこめた雲を見ていると、ふと、わけもなく淋しくなった。

日本にいるときも、たとえようのない淋しさに襲われて、息ができなくなるような……そんな日がたびたびあった。

ケルドアに来る前の若いころは、世界から一人だけ切り離されているような、孤独感から。

そして空を育てていたころは、頑張っても頑張っても、それでいいよと言ってもらえない、自分でも自分の子育てが正しいと自信が持てない孤独感からだった。

けれど、今は？

今感じている淋しさはなんだろうと思うと、葵にも説明がつかなかった。

なに不自由なく暮らせているし、愛する子どももいる。望んでいる形そのままとはいかなくとも、大事にしてくれる婚約者がいる。食事だって家族と一緒だし、寝るときにはシモンがそばにいるのだ。

……それでも感じる淋しさには、名前などつけようもない。悩みのすべてを、遠慮なく言える相手がいないという淋しさかもしれなかったが、一体この世の中にどれくらい、自分の心のすべてを他人に打ち明けられる人がいるのかと思うと、みんな、それぞれ胸の内に言えない苦しみを抱えているだろうとも感じる。

（それにしても……式って、どんなことをするんだろう？）

ここは遠い異国で、シモンの家は大公家だ。葵には挙式の様子など、想像もつかなかった。

シモンに結婚式のことを訊くのは気がひけたので、葵は悩みながらも、正確な情報を得ることができないまま、さらに三日が経ってしまった。

(年明けには挙式するってことだよね？　なんの準備もしてないけど、俺、なにを着て、どうすればいいの？)

フリッツは、議会は連日準備に追われている、と話していたけれど、葵のところにはそんな空気の片鱗《へんりん》さえ届かない。かといってシモンに訊けば、また言い争いに発展しそうで、葵はなんとなく口にできなかった。

本当は気重だし、やりたくないのだ。その本音がチラと出てしまいそうで、そしてそのためにシモンを傷つけそうで、怖かった。

(結婚……するのになあ……)

こんな本音も言えないなんて、と思う。

けれど本音とはあくまで個人の部分であり、葵もこれからは公人になる以上、口にしてはならないこともあるような気がした。

モヤモヤと悩んでいた、十二月も下旬の午後のことである。

突然、見知らぬ客人が、葵の部屋を訪れた。

その日は雪が降っており、空はレオと一緒に、暖かな葵の部屋で遊んでいた。葵も久しぶりに、ゆっくりと空と絵を描いたり、本を読んだりして過ごし、楽しんでいた。午前中診察に来てくれたフリッツからは、クリスマスの休暇にテオがケルドアに帰ってくるからという嬉《うれ》しい知らせを受けていて、葵はそれにも心を弾ませていた。

そこにやって来た客人は、五人の男たちだった。

「アオイ様、失礼いたします。こちらは公室付きのテーラーです」

執事がそう言って紹介したのは、五十路《いそじ》から六十路《むそじ》とおぼしき、体の大きな男性だった。公室付きのテーラーなら、葵も以前、シモンにコートを仕立ててもらって知っていたが、彼はそのときのテーラーとは別の人だった。

執事が立ち去ると、テーラーは「ソラ様の、お衣装の採寸に参りました」と、告げた。言いながら、なぜだか葵の体を上から下までじろじろと見た。灰色の冷たい眼の中に、侮蔑の色が一瞬浮かぶのを感じて、葵は体が震えた。こんな貧相なアゲハが、殿下のお相手とは……と、言われたような気になった。

けれど部屋の奥から、「あおい、どうしたの？」と空が出てくると、テーラーはパッと顔を輝かせた。

「おお……本当にグーティのお子ですな……」

　彼は感じ入ったように囁き、胸の前で神に祈る仕草をした。空は葵の足にしがみつき、少しだけ隠れるようにして、笑顔のテーラーを見あげていた。

「年明けに、国民へソラ様をご紹介いただくのです。特別なお衣装にするよう申しつかりましてな。お体に触れてもよろしいでしょうか」

　テーラーは膝をつき、空に敬礼の姿勢をとりながら訊いた。年明けの衣装ということは、葵とシモンの挙式の際の衣装だろう。葵は空をそっと前に押して出し、

「ソラ、お洋服を作るんだよ。少しのあいだジッとできるね？」

　空はそれも、〝王子様〟には必要なことだと悟ったらしい。テーラーの言うことをきいて、じっと採寸されていた。テーラーは空に夢中で、他種の葵になど眼もくれない。

「生地はこちらでよろしいでしょうか。美しいロイヤルブルーです」

　様々な生地選びや型紙の形なども、テーラーはなにも分かっていない空に訊《たず》ね、葵にはけっして訊いてこなかった。分かるわけもない空は、ちらちらと葵を見あげて、眼だけで「いい？」と訊いてくる。葵は微笑《ほほえ》み、いいよ、と答えてはいたけれど、言葉にならない疎外感があった。

　相手にされていない、軽視されているという淋しさが喉元までこみあげたけれど、葵はそれを出さないよう、ぐっと抑えこまねばならなかった。こんなことくらいで、傷ついていてはいけない。彼らに悪気はない。これが、ケルドア国民にとっての自然な態度なのだ。

軽んじるつもりなどなくとも、葵のことは、頭の中からすぐに消えてしまう。そうでなければ、ただ憎まれる――。

「では、年明けすぐに、一度仮縫いに参ります。できあがりを楽しみになさってください」

テーラーは最後まで空にだけ言った。衣服には無頓着で興味のない空はぽかんとしていたが、葵が「パパのお色の服を作ってもらえるんだよ」と言うと、とたんに嬉しそうな顔をした。

「わーい、パパの色！」

子どもは本当に素直だ。ぴょこぴょこと飛び跳ねる空に、葵も少し気持ちが解《ほぐ》れた。けれど部屋を辞そうとしているテーラーに、ずっと不安に思っていることを訊かねばならないと思い、慌てて呼び止めた。

「あの……俺……私は当日、なにを着ればいいのでしょう？　なにかご存知ですか？」

しかしテーラーは首を傾《かし》げ、「さあ……」と素っ気なく答えた。

「私どものほうでは、アオイ様のご衣装については承っておりませんが……」

もしかすると、他の店が来るのだろうか？　そう思い、葵はテーラーに礼を言って、見送った。

（……でも、年明けならもう、採寸しないと間に合わない。それとも、ありものを着るのかな?)

けれどどれだけ待っても、結局、葵あての仕立て屋はやって来なかった。

「テーラーは来たか?」

その日の夜、空が眠り、二人きりになったところでシモンに訊かれた。二人の寝室で本を読んでいた葵は、ドキリとしてシモンのほうを見た。

隣に腰掛けたシモンからは、甘いフェロモン香にまざって、風呂上がりの、上質な石鹸《せっけん》の匂いがしている。髪はまだ濡《ぬ》れていて、ガウンに滴が垂れていた。

「うん。来たよ。……前にコートを作ってもらったお店じゃないんだな」

そっと言うと、「店選びは使用人に任せたからな」と返ってくる。

「なにか問題があったか?」

ウィスキーグラスを持ちあげる手をとめ、シモンが探るような眼をした。葵は一瞬迷い、けれど「ううん」と、言った。

「ソラの衣装は青なんだね」

「ああ。ケルドア大公家では、ここ数百年、世継ぎを産んだ者が大公妃になる。つまり挙式のときには、必ず赤ん坊の披露目《ひろめ》も兼ねていた。長じてからというケースはないが……

母も……式のときには初めに出産したシモンを、青い布でくるんで出たそうだ」

ぽつり、と語るシモンの言葉に、葵は思わず口をつぐんだ。

母というのはアリエナのことだ。もう死んでしまった、シモンの母親。十五で嫁ぎ、十五人の子どもを産み、十三人と死別した――。知らないから想像のしようもないが、最初の子どもを胸に抱いて式を挙げた日のアリエナは、どんな様子だったのだろう……と、思う。今の葵よりずっと若く幼かっただろう彼女が、そのときどんなことを思っていたかなど、到底分かりそうになかった。

「お前には白の礼服を作らせるよう指示したが……採寸はどうだった？　ソラと違って時間がかかっただろう」

ふと訊かれ、葵は戸惑った。もしかしたらシモンは、葵がまだ採寸していないことを、知らないのだろうか……？

俺の担当は、べつの店じゃないの――と訊こうとして、葵はやめた。

なんだか嫌な予感がした。店選びは使用人に任せたとシモンは言っていた。選んだのはたぶん、十中八九執事だろう。彼は当然、採寸の按配《あんばい》をテーラーに確認したはずだ。それが執事の仕事なのだから。

（……でも俺はなにも言われてない）

それは初めから、葵には仕立て屋を、選ばなかったからでは？

当日礼服がないとなれば、葵は人前に出られない……。執事は、それを望んでいるのでは。

まさかと思うが、ありえることだ。むしろ、それしかないとすら思う。

なんの根拠もないのに、こんなことを考えるなんて自分は歪んでいるかもしれない。けれどこういう嫌な予感こそ当たるものだ。だから、真っ先に思ったのは、このことをシモンに知られてはならないということだった。

もしも知られてしまえば、シモンは執事を解雇するだろう。しかし葵が知る限り、執事はこの城にもっとも長く勤めている一人であり、城内では絶対的な権力を持っている。そんな人を解雇したとなれば、使用人の間には、相当不穏な空気が流れるだろう。

シモンは長年勤めている者よりも、異国の、下等な種をとったのだ、そう思われてしまう。

葵は誤魔化《ごまか》すように「今日は疲れたから、先に寝るね」と言って、ベッドへ入った。無言のシモンになにか感づかれていないかと不安だったが、それ以上追求されなかったので、さっさと寝ようと思う。けれど眠れるわけがなかった。

年明けの、式までわずか二週間足らず。

その短い期間で、葵はシモンに知られずに、衣装をそろえねばならないのだ。こんな八方塞がりの、ほとんど味方のいない状況で――。

「それで俺？　まあたしかに、ここには俺しかいないか」

翌日、葵は診察に来てくれたフリッツを捕まえて、二人で話したいことがある、と部屋の扉を閉めた。こんなときは、フリッツが二日に一度来てくれて本当に助かる、と思う。

とりあえずリリヤの眼がないうちにと、葵は急いで昨日あったことを話した。リリヤはちょうど、空の授業についていっている。もしリリヤが知れば、すぐにシモンへ話してしまうだろう。

「ちょっと待ってくれ。たしか議員の一人から、資料をもらっていたはずだ……」

フリッツは話が早い。カバンからタブレット端末を取り出すと、すいすいと軽快に操作して、なにやら書類を画面に広げた。

「……きみの衣装なら、ソラの衣装と同時に、同じテーラーが仕立てることになっている。注文したのは下働きの使用人だが、執事に言われてやっているだろうから、たぶん、執事がきみのぶんをわざと忘れたふりをしたな」

フリッツの考えも、葵とほぼ同じだった。顔から血の気がひき、葵は「どうしよう……」と呻いた。

「どうしようもなにも、シモンに言ったほうがいい。執事は許されないことをしている。

解雇されても仕方ないだろう？」

「……フリッツ。シモンは俺がここに来てから、もう八人のメイドを解雇してるんだよ。執事までとなったら……そんなこと、シモンにさせるわけにはいかない」

「主人の命に背く執事だぞ」

「……でもたぶん、シモンのためにやってるんじゃないかな……」

これはただの推測だが、あながち間違いとも思えなかった。執事は老齢で、幼いころからシモンをみてきたはず。たとえ個としてのシモンではなくとも、グーティとしてのシモンのことは、大切にしているはずだ。執事はその大切なシモンについた、「他種」という余分なものを、取り払おうとしているのかもしれなかった。彼にしてみれば、グーティの空さえいれば、事足りるのだ。葵の存在は、シモンの足かせにしかならない。

「……きみが他人の立場にたって、ものごとを考えられるのは美点だが……相手に共感してばかりいると、辛いだけだろう」

「でも……次の執事も、その次の執事も同じだったら？　そのたび解雇するの？　……それじゃシモンのためにならない気がする」

悪いのは葵ではない。シモンでもない。執事かといわれるとそれも違う。葵からすれば、執事のしていることは正しくはない。しかし正しさなど、この小さな国の、風変わりな常識の中では通用しないのだから、声高に主張しても不和しか生み出さない。

「たとえば目玉焼きになにをかけるか、っていう論争が日本にはあるんだけど……」

ふっと思い出して言うと、フリッツが呆れた顔で「なんの話だ」と言う。

「塩派とソイソース派がいるとして、塩がいいって人に、ソイソースのほうが正しいって言っても、納得はしないだろ？　そういうのと同じ気がする……」

「なんだか急に呑気な話になったな」

ため息まじりに、「で、どうするんだ？　下手に動いても、シモンにばれるぞ」と訊かれ、葵はうーんと考えた。頭の中にちらりと浮かんだのは、アリエナのことだった。彼女は挙式のとき、どんな姿だったのだろう――そう思っていると、フリッツが不意に、「そうだ」となにか思いついたような顔をした。

「アオイ、いい方法がある。たぶんこれなら、シモンも納得するだろう。まあ俺に任せておいて」

葵は小首を傾げたが、フリッツは茶目《ちゃめ》っ気《け》たっぷりに片眼をつむるくらいで、それ以上はなにも言わなかった。

そして翌日の午前。

想像もしていなかったことが起きた。

最初に部屋へ入ってきたのは、シモンだった。

「アオイ、突然どういうことだ？」

午前中の仕事を途中でとりやめたのか、シモンはノックもせずに部屋の扉を開け放つと、挙式のことを思って憂鬱になっていた葵のところへ、ずかずかと近寄ってきた。

「シモン、どうしたの？　仕事は？」

驚いて立ち上がったものの、シモンはそれどころではないらしかった。葵の言葉など無視して、なにやら心配そうに言葉をついだ。

「いずれ挨拶にとは思っていたが……それにしても突然すぎる。もちろん、入国は許可したが……」

シモンのすぐ後ろには、慌てた顔の執事もいる。

なにが起きたのか分からず戸惑っていると、部屋に入ってきたフリッツが「サプライズだよ、シモン」と明るい声をあげた。

フリッツの後ろから、すらりとした背の高い影が入室してくるのを、葵は信じられない思いで見つめた。

それは、母だった。

葵の母。

十八歳で別れたきり、空が産まれてからも一度も連絡をとらないでいたし、あちらだってもうてっきり葵のことは忘れているだろうと思っていた、母だった。

モードな衣装に身を包み、高いヒールの靴を履いて、ぴんと背筋を伸ばしている美しい母。いつも、実年齢より二十は若く見えたが、六十路も近づこうという今、さすがにその眼許《めもと》にはわずかな老いがあった。

それでも、姿勢を正して立つ姿は、葵の記憶の中の母と同じで、どこまでも気高く凛々しかった。

『……ママ……どうしてここへ……』

思わず日本語が出て、呼びかける声が震えた。

母は眼を細め、それから言った。

『葵ね』

その声音は——まるで昨日も、実家の玄関先ですれ違ったばかりかのようだった。

喉の奥がぎゅっと痛み、涙がこみあげそうになるのを、葵は抑えた。

母に対して残っている蟠《わだかま》りや、諦めのような感情が消えたわけではないのに、それを凌駕《りょうが》するほどの懐かしさと期待、そして愛が、怒濤《どとう》のように葵の中を駆け巡っていった。それを表に出さないように、葵は必死になった。

「サプライズさ、サプライズ、な。今度のアオイの挙式のために、お前の執事が特別に寄越《よこ》してくれたんだ」

フリッツが明るく言い、執事が一瞬、戸惑ったような顔をした。なにやら警戒をこめた眼で、シモンがフリッツを振りむいたが、フリッツはけろっとした顔で、すらすらと嘘《うそ》を述べた。

「アオイのママはファッション業界の有名人なんだぞ。我が子の晴れ舞台に衣装を用意する手伝いをしたいって想いがあっても、当然だろう。それを彼が快く汲《く》んでくれたってわけだ」

彼、というのは執事のことである。執事はわずかに青ざめ、無言でその場に立ち尽くしていた。

「ああ、来訪が突然になったのは、彼女がパリのデザインコンペで忙しかったからだ。フランス人は時間を守るほうとは言えない。きみも知ってると思うが」

シモンが疑問を差し挟む前に、フリッツは全部言ってしまった。突っこめる箇所という箇所を、つぶすつもりだろう。黙りこんだシモンが不機嫌そうに眉根を寄せたが、なにか言い出すより早く、葵の母が動いた。

「殿下。アオイの母です。突然の来訪、失礼いたしました。ですが、子の顔を見るのは、親としては当然の権利かと。……夕方までにドイツに発《た》たねばなりませんの。アオイと二人にしていただけますか」

一国の大公相手にも、物怖《ものお》じしない淡々とした声。あまりにも懐かしく、体の内側から得体の知れない震えが迫《せ》り上がってきた。シモンはしばらく黙っていたが、やがて「分かりました。正式なご挨拶もなく、ご心労おかけしています」と言った。

「いいえ。結婚についての書面はとっくにいただいて、サインをして返しましたわ」

その言葉で、葵は母が、葵とシモンの結婚についてや、おそらくは空のことも知っているのだろうと分かり、ハッとした。フリッツとシモン、それに執事が出ていくと、葵は母と二人きりになった。

どうしていいか分からず固まっていると、母はつかつかとヒールを鳴らして葵の前に立ち、顎に指をあてて、『ふうん……』と検分するように、葵の体を上から下までじっくりと眺めた。正面、横、そして背面から。

『あの、ママ……』

戸惑いながら言うと、『じっとして』と言われる。母は着ていたジャケットからメジャーを出し、葵の体をてきぱきと測っていった。メモ帳に書きつけるわけでもなく、細部まで採寸しおえると、『あなた本当に、子どもを産んだの？』と訊いてきた。

『サイズが十八歳のころとほとんど変わらないわ。性モザイクといっても、普通出産すると多少は太るものよ』

言葉を失い、葵はただ呆然《ぼうぜん》と、母を見つめていた。

メジャーをしまい、葵の着ている服に触れて『いい生地ね』と呟く母の顔は、葵の眼線より少し上にある。まだ日本にいた頃、時々、本当に時々すれ違うと、別れ際に母はいつも、葵の頰に口づけた。そのときの甘い香りが、ふっと鼻先に漂った。それは彼女のフェロモンと、香水と、化粧品の匂いだった。

『衣装は私が手配するから心配しなくていい。作法についてはきちんと学ぶのね。世界中が見ている式になるのだから』

『はい、ママ……』

声が震えた。……ママは覚えてるの、俺が十八歳のときのこと。

俺を、覚えててくれたの。

胸の中にそんな言葉が湧き上がったが、訊くことはできない。母の白い手が、葵の頰《ほお》をそっと撫でて、持ちあげた。瑠璃色の、ナミアゲハを起源種とした女性特有の瞳が、葵の泣き出しそうな顔を映している。

『誰がなにを言っても、真実を知っているのはお前だけ。ならば顔はあげていなさい。お前は私が産んだ子どものなかで、一番美しい子よ……』

囁くように言う、その声は優しいというよりは、叱咤《しった》に近かった。そのとき、部屋のドアを勢いよく開けて、「あおいーっ」と空が入ってきた。愛犬のレオも一緒だ。長い毛をふわふわと弾ませたレオが最初に葵の足にからみつき、遅れて空が抱きついてきた。

「そらねっ、どいつご、ほめられたーっ」

嬉しそうに言う空を、葵は眼を細めて見る。けれど不意に母が『空？』と言ったので、葵はまた緊張して、どぎまぎした。

『あ……ママ。この子が……俺の子……』

空の小さな肩に手を置き、そっと母のほうへ向ける。母は空を見下ろし、空は不思議そうに母を見た。しばらくのあと、母はそっとしゃがみこんだ。

「未来のケルドア大公ね」

英語で言う母に、葵も「ううん、共和制になるから……」と慌てて英語で訂正する。

「でも、高貴なお方に変わりはないわ。膝をつく必要があるのでしょうね」

それは母なりの、冗談だったのだろうか？　母は膝をつくというよりも、空の眼を覗《のぞ》くようにしゃがみこみ、その小さな両手をそっと手にとった。ぱちくりと眼をしばたたいている空と違い、葵のほうが緊張していた。

母が――空に関心を示さなかったらどうしよう。

そう思ったのだ。そしてそれが、ひどく怖かった。

『……ほんと。お前の子ね。お前そっくり』

母はそう言うと、普段見せない穏やかな笑みを、口元に浮かべた。葵はドキリとし、慌てた。

『そんなことないよ、空はシモンそっくりで……』

実際、葵に似ているなんて、一度たりとも言われたことがない。けれど母は『髪と眼の色だけよ』と言い切った。

『大きな眼の甘さや、睫毛《まつげ》の長さ……唇の形や優しげな眉が……お前の小さいころにそっくり』

――お前の小さいころに。

母は間違いなくそう言った。四歳の空を見て、葵の小さなころに似ていると。

押さえていた涙が、こみあげてくる。泣いてはだめだと思うのに、胸が痛いほど熱くなり、たった一筋、こぼれ落ちてくるものをすら止められなかった。

……だってママ。

と、葵は言いたかったのだ。

……だってママは、俺の四歳のときのことなんて、覚えてないでしょう……。

母は葵が泣いていることに、気づいていないようだった。空の手をひき、『一度だけ抱かせてちょうだい』と言って、その小さな体を抱き締めた。抱かれた空は嬉しそうに母にしがみついて、

『あおいとおなじにおいだ』

と、言った。

『そらのおばあちゃんなのっ？』

聡《さと》い子だ。空は分かったようだった。母は眼を細めて空を放すと、そうよ、と言った。空の青い瞳がきらきらと輝き、小さな唇から、めいっぱい嬉しそうな息が漏れる。家族から嫌われる経験などしたことのない空は、祖母と聞いただけでなんの迷いもなく、母の首に腕を回して抱きついた。

『そら、おばあちゃんほしかったんだよ！』

葵はハラハラした。母のことだ。子どもに抱きつかれるなど、普段ないことだろう。空が冷たく突き放されるのではと、思わず手が伸びる。

『空、だ、だめだよ』

けれど母の反応は、予想とは違った。抱きついてきた空を軽々と抱きあげて、おかしそうに笑っている。

『重たいのねえ、四歳は、こんなに重たかったかしら……』

独り言のように言い、嬉しそうに頬を擦り寄せてくる空の髪に、母は口づけて息を吸いこんだ。

『……タランチュラの香り。だけどまだ、子どもの匂いがするわ……』

これだけは、アゲハもタランチュラも同じねと、母は言った。その匂いの記憶に、自分のものも含まれているのだろうか？　分からなくて黙りこんでいた葵の腕に、母はそっと空を戻した。

『ドイツに発たねばならないの。衣装は送るわ』

それだけ言った母は、いつもそうだったように、もう仕事のことしか考えていない顔をしていた。立ち去る彼女の背中に向かって、それでも思わず、

『ママ』

と、葵は呼びかけてしまった。振りむいた母の顔を見つめる。早くして、という眼を、今、母はしていない。じっと、葵の言葉を待ってくれていた。

様々な想いが——謝罪も、文句も、甘えも、一緒くたになって葵の内側に押し寄せてくる。

空のこと、結婚のこと、黙っててごめんね。

でも知ってたなら、どうして連絡くれなかったの。

——ママ。ママがあのとき、十八歳のとき、俺に行かないでって言ってくれてたら。俺はまだ、ママのところにいたよ。

……ママは、俺を、愛してくれてた……?

けれど、そのどれも声にはならなかった。たとえどんな返事が返ってきても、自分はきっと満足などしないのだ。

『……また、来てくれる?』

せめて空に会いに。弱々しく訊いた声に、母は『そうね』とだけ言う。

『二十三歳ね、葵』

　と、母は続けた。

『二十三年、生きたのね』

　もう少し生きろとも、それが嬉しいとも言わない。母は小さく呟くと、背を向けて部屋を出ていった。取り残された葵の眼から、もう我慢できなくて、はらはらと涙がこぼれ落ちてくる。

「あおい、どうしたの」

　驚いている空に、葵はううん、と首を振った。なんでもない、なんでもないよと繰り返す。

「おばあちゃん、あおいに似てたね」

　——そう見える？　空。お前には、そう見えるんだな……。

　無邪気な空の言葉が、嬉しいのか悲しいのか分からなかった。けれど空を抱き締めると、胸の痛みは少し和らぐ気がした。

　やがてリリヤがお茶を持ってやって来て、泣いている葵を見つけ、慌てて慰めてくれた。大型犬らしい優しい気質のレオも、くんくんと鳴いて、葵に寄り添ってきた。

　七年分。会えなかった間、母を思って溜《た》めていた感情が、涙と一緒に溢《あふ》れ出ていったようだった。

それからたった五日で、葵の元に真っ白な礼服が送られてきた。

荷物を見て、葵は驚いた。白い礼服はなんと数種類もあり、ごくごく正統なモーニングとタキシードの他に、レース地の張られたベストや替えのパンツ、どこか女性的な線を描くフロックコート、遊びのあるシルクのリボンタイや白蝶貝《しろちょうがい》のカフスまで、いくつも入っていた。チーフも、鮮やかなロイヤルブルーと真っ白なものが二種類用意され、靴まで揃っている。

しかも仮縫いなどしていないのに、着てみるとそれらはぴったりと葵の体に合っていた。

「素敵ですわ」

リリヤが手放しで褒めてくれる。箱には母からの手紙が入っていて、着こなしのポイントがいくつか記されていた。

〝ごく普通に男性として立つ場合は、一番のモーニングか二番のタキシードを。女性的な立ち位置が求められるようなら、三番のパンツにフロックコートを合わせなさい。靴は六番。お前を美しくしてくれる。遊びが分かる場なら四番のベスト、チーフは夫にあわせて使うこと〟

「完璧ですわ。……素敵なお母さまですのね」

リリヤが手紙を見て、ほう、とため息をつく。実際、替えのパンツとフロックコートを合わせて着てみると、葵のシルエットは女性的になった。コートの袖は少しだけ短く、あえて手首が見えるようにデザインされていた。それが葵の中性的な雰囲気を、より引き立てる。

（ママ……こんなにしてくれるなんて）

己が一生をかけているファッションという分野での仕事だからかもしれないが、思いもよらぬほどの行き届いた心配りに、葵は胸を打たれていた。と、見ると箱の中には、もう一つ小さな包みと、それから、封筒が入っていた。

包みには直接母の字で、〝普段着に〟と書かれている。

開けてみると、それは空のために仕立てたらしい、着心地のよさそうなセーターとコート、それからウールのパンツだった。愛らしいマフラーと手袋まで入っている。

「……ソラにだ」

「まあ、可愛らしい。ソラ様、お喜びになりますわ」

普段から着替えを手伝っている葵には、見ただけで、服のサイズが空に合うことが分かった。それもぴったりというより、少し先の真冬まで使えるように、ほんのわずかに余裕がある。

（一度抱き締めただけで……ママは、空のサイズが分かったのかな）

葵が見たことのないような、穏やかな優しい笑みを浮かべて、空を抱いていた母。けれど——四歳のころの葵を、母が覚えているか怪しいように、葵だって、四歳のころ接していた母のことは、ほとんど覚えていない。

（……ママは俺を、あんなふうに抱きあげて笑っていたことが……あったのかもしれない）

ふっと、そう思う。そして葵は覚えていなくても、母にとってはたしかな記憶なのかも——しれなかった。

そのとき部屋の扉を開けて、シモンが入ってきた。葵がハッとなって立ち上がると、シモンもまた、ハッとしたようにその場に立ち止まった。

リリヤが嬉しそうに微笑み、「アオイ様、とてもお似合いですわね」と、シモンに声をかける。金縛りにあったようだったシモンが我に返り、「あ、ああ」と頷いた。

そこで葵はやっと、自分が母のくれた礼服に身を包んでいることを思い出した。

「とてもお美しいですわ、ね」

物怖じしないリリヤが、さらにシモンへ問い、葵は顔を赤らめた。単なる愛想かどうか分からないが、シモンは一応、それに「そうだな」と答えている。思わず胸がドキドキとときめき、葵は顔をまっ赤にしてしまった。

「……お前の母から荷物が届いたと聞いて……心配していたが、杞憂《きゆう》だった。当日の私の衣装とも、合うだろう」

　シモンの言葉に、心配してくれていたのか……と思う。青い眼をちらりと見あげると、そこには言葉とは裏腹に、どこか複雑そうな色があった。リリヤが気を利かせたのか、

「お茶をお淹れいたしますわ」

と、部屋を出ていったので、葵はシモンと二人きりになった。

「急にママが来て、驚かせて……ごめんな」

　今さらのように謝ると、シモンは「いや」と眼を伏せた。どこか物憂げな表情に見えて、葵は不安になった。

「そういえば、ソラの服はもう、できあがりそう？」

「……」

　明るく問いかけてみても、シモンはやはり黙っている。それが数秒続き、やがてシモンは、小さな、呻くような声を出した。

「執事が気を利かせたのではなく、用意がなかったから、フリッツがお前の母に連絡を入れたのだろう。違うか……？」

　見透かされていたことに、葵はドキリとした。シモンは小さくため息をつき、

「フリッツからは、執事を解雇しないようにと、きつく言われた。アオイが……気に病むと」

フリッツのやつ、またバラしちゃったのか……という気持ちもあったが、同時に、シモンにはきっと見透かされているだろうとも思っていたので、葵は恨む気持ちにはなれなかった。それどころか、母を呼んでくれ、引き合わせてくれたのだ。いつかは空のことを伝えなければと、ずっと心のどこかに引っかかっていたので、フリッツには感謝しかない。

けれど眼の前のシモンには、どう取り繕えばいいのか――。

葵の前に立ち尽くしたまま、シモンは昼間の冷静な顔と、夜に見せるどこか弱々しげな表情を、行ったり来たりさせている。葵の不安を搔《か》き立てたくないという気持ちと同時に、執事のしたことを許せない、という感情で、シモンは揺れているのだ。葵には、そう見えた。

「……執事は重要な存在だ。この城の要《かなめ》だよ。解雇されたら困る」

そっと言うと、シモンはきつく拳を握りしめた。

「だがお前に、恥をかかせようとした」

「――違うかもしれない。衣装がなければ俺はみんなの前に出られない。出なければ、ひどい言葉を言われることもない。お前も、他種の人間を娶《めと》ったと、非難されずにすむ。だから衣装を作らないでおこうと、思ったのかも」

実際……と、葵は思う。

葵がここへ来てからたった二ヶ月で、シモンはもう八人もの使用人を解雇している。このまま葵の衣装ができあがらなければ、咎《とが》を負うのは執事以外にいない。解雇を覚悟でそうしたとしか思えず、長年大公家に仕えているという老齢の男が、単なる感情でそうしたとも思えなかった。

もっとも、個人的に言葉を交したこともなければ、言葉数の多い相手でもないから、葵には彼の考えはまるで読めないけれど。

「理由は関係ない。行動と、その結果がすべてだ。お前を軽んじている」

苛立《いらだ》ったように吐き出すシモンに、葵はなにをどう言えばいいのか、悩んだ。

困って視線を落とした先で、手に持っていた封筒が眼に入る。母が荷物の中に入れて、送ってくれたものだ。まだ開けていなかった。今が開けるタイミングではないのは分かっていたが、気まずい空気を変えたくて、葵は封を切った。するとシモンも顔をあげ、不思議そうに「なんだ？」と訊いてきた。

「なんだろ……ママが送ってきてくれて……」

封筒を開けた葵は、中から出てきたものを見て、息を呑《の》んだ。

それは一枚の写真だった。十歳になるかならないかの幼い葵が、黒鳥の羽根でできたワンピースのような衣装をまとい、湖沼地帯を背景に座っている、神秘的で、どこか浮世離れした、美しい写真――それは、かつて葵が一度だけモデルを務めた広告写真だった。古いもののはずなのに、透明フィルムに入れられて、きれいに保存されている。

「これは……お前か？」

シモンに言われて、呆然と写真を見つめていた葵はハッとなった。思わず裏返すと、そこには母の筆跡が残っていた。写真を撮った日付。そして一言、こうある。

〝私の生涯で、もっとも美しい作品〟

心臓が、どきんと跳ねるような気がした。

強い鼓動のあと、痛みに胸が締めつけられる。この文字はいつ書いたものなのか。少し色褪《いろあ》せているので、少なくとも数年は前だろう。もしかしたら、もっと前か——。

——モデルとしては、葵はダメなのよ。

かつて聞いた声が耳の奥に蘇る。そのダメなはずの我が子の写真をなぜ、生涯でもっとも美しいと……母は書いたのか。

思い出すのはシモンが五年間、ずっと持っていてくれたという葵の写真だった。ロイヤルブルーのコートを着て、若い葵が笑っている写真。シモンもまた写真の裏に、〝中庭にて。アオイ〟と書いていた。

「……なんだ。やっぱりシモンとママは、似てるんだ……」

気がつくと、そう言っていた。

……ママは、俺を愛してた？

数日前、訊けなかった言葉が胸に湧き起こり、そうするとたとえようのない淋しさが、ように息を呑む。

葵の中にこみあげてくる。眼頭が熱くなり、涙がこぼれた。シモンがそれに、ハッとした

「アオイ？　どこか……痛むのか」

葵は首を横に振った。

そうして、思う。母は葵が思っているよりも、葵を愛してくれていたのかもしれない。

それでも、葵が幼いころに感じた淋しさは消せない。あのときについた傷も、もう消せない。起きたことは変えられないし、今さら、母のところへ戻ることもない。

愛はままならないものだ。

愛しているから期待をして、そのたびに裏切られる。それでも……ただ写真を持っていてくれたことや、ただ似合う服を選んでくれたということが心に残って、淋しさを慰めてくれる。慰められるのはやっぱり、その人を愛しているからだ……。

そんなわずかな慰めがあるから、人は生きていけるような……そんな気さえする。

溢《あふ》れてきた涙を、葵は拭った。

（なら、何度もシモンに愛されたいと願って、そうはならないと傷ついても……。シモンが、俺のために、苦しんでいることだって……）

そんな悲しみだって、いつかはべつの優しさで、慰められる日があるかもしれない。

慰め慰め、ごまかしながらでも、人はなんとか生きていける。

（やっぱり、背筋を伸ばして、シモンの隣に立とう）

いつか国を出ようなんて、もう考えないでおこう。母が言ったように、顔をあげていようと、葵は思った。

どれほど分不相応だとしても、生きていればきっと——思いもよらなかったやり方で、誰かが認めてくれるかもしれない。

母の期待に沿えなかった自分の写真を、母が、十数年越しに美しいと言ってくれた、そんなふうに。

「……シモン。心配ばっかりかけて、ごめん」

顔をあげた葵は、そう言って微笑んだ。シモンの手をそっととると、シモンが気遣わしげに睫毛を揺らす。こんなふうに、いつも、どんなときも、葵が傷ついていないかと心配してくれるシモンのことを愛しく思う。その優しさに、心が満ちていく。これだけで十分じゃないか。今なら、そう思うことができる。

「でも執事さんのおかげで、俺はママと会えたし……それに……お前が、俺が傷つくのを見るたび、苦しいのと同じように……俺も、お前が俺のために……俺のためだけに、国の人を遠ざけているのを見たら——やっぱり、苦しいんだよ」

本当に困ったら言うから、と葵は言った。

「もう、隠したりせずに言う。約束するから。だから……俺に闘わせてほしい。お前のそばにいるために受ける傷なら、何度だって、ちゃんと立ち直れる」

お前には守ってもらうけど、と葵は言葉を繋《つな》いだ。

「それは誰かを辞めさせるとか、遠ざけるとか……そういうことじゃなくて……俺が悲しいとき、そばにいてほしいんだ。――俺たち、家族になるんだよね？」

自分もシモンも、温かな家庭など知らない。知らない二人でも、似たようなものを持てると信じたい。

恋愛感情でなくてもいい。セックスも、キスもなくてもいい。ただ一緒に暮らしていくために、優しい気持ちを持ち合って、寄り添いたかった。きっとシモンもそう願ってくれているはずだと、葵には思える。

けれどシモンにはやり方が分からないのだ。分からないから、葵を傷つけそうなすべてのものを、排除しようとしてしまう。でも、そんなことより、もっとほしいものがある。

「俺が泣いたら、抱き締めて。……もし、お前が嫌じゃなかったら」

そうしたらなにがあっても、頑張れるから――葵はそう言った。シモンの、宝石のような瞳が揺らめき、悲しげな色を宿す。

「嫌なわけがないだろう……」

なぜそんなふうに言うのだと、シモンは言いたげだったが、それ以上は言葉にしない。

きっと、そのあとに続く言葉がないからだと、葵は知っていた。

私はお前を愛しているのに。

そんなふうには、言えないからだと……。

シモンは腕を伸ばし、葵を抱き締めてくれた。大きな体に包まれると、安堵《あんど》して力が抜けた。背中に腕を回してしがみつく。

「愛してるよ……シモン」

気持ちが溢れて言葉になる。シモンは黙りこみ、しばらくして「ああ」と頷いた。

「分かっている」

そうして、リリヤがたっぷり時間をかけてお茶を運んでくるまでの間、葵の体を抱いてくれていた。

三

ケルドアに、短い夏がやって来た。緑の鮮やかな七月、学校の長期休暇を利用して故国へ帰ってきた十三歳のテオから、シモンは思いがけない一言を言われた。

「兄さま。ちゃんとアオイを捕まえとかなきゃ、アオイに愛想つかされちゃうよ」

一体どういう意味だ。そう問えば、弟は呆《あき》れまじりのため息とともに肩を竦《すく》めた。

「アオイは二十四歳で、若いうえにキレイで、しかも優しくて、ソラが手を離れるころにも、まだ三十になる前だよ。釣っただけで餌《えさ》もあげない兄さまのそばに、ずっといてくれるって思う?」

これ以上は、自分で考えてね。

と、こまっしゃくれた言葉をつけ足し、テオはその話を切りあげた。なので、シモンはおおいに——おおいに、ムッとしたのだった。

ムッとした、とはいうものの、シモンにはその感情の正体はよく分かっていなかった。そもそもテオの言葉によって引き出されたのは、もやもやとした実体のない、言語にならない感覚であって、怒りなのか焦燥なのか、悔しさなのか、単に違和感を覚えただけなのか、はっきりとはしていなかった。

葵《あおい》が空《そら》を連れてこの国へやって来てから、九ヶ月。葵から「愛想を尽かされる」ような雰囲気を感じたことは、シモンは一度もない。

（結婚もして、日々の会話もある。……悪い関係とは思えないのだが）

悪くない。むしろ、葵とは互いに思いやり合う、良い関係にあると思う。

シモンはできるかぎり葵を大事にしているし、特別にも思っている。葵だって、いつも素直にシモンへの好意を示してくれる。機会があれば、「好きだよ」と言ってくれる。大きなオッドアイを潤ませて、上目遣いでそう言うときの葵は真剣で、とても嘘《うそ》をついているとは思えない真摯《しんし》さがあった。

この冬に五歳になった空と自分の親子関係だって、極めて良好だとシモンには思える。もちろん、生まれてから四歳まで、存在も知らぬままだったから、父親として足りないところはあると思うが、とりあえず顔を合わせれば抱きあげ、キスをして、空からも「大好き」と言われている。

悪くはない。悪くはないはずだが、テオから言わせれば、自分は葵に餌をやっていないらしい。

どういうことだ、と、シモンはそのとき感じた〝面白くない〟という気分を、なかなか忘れられなかった。

「なるほど。テオも言うようになったもんだ」

ちょうど執務室を訪れていたフリッツへ、シモンはテオの忠告を伝えてみた。それは、実に言われてから一週間も経《た》ってからのことだった。

それまでは一人で、時々思い返していたのだが、答えが出なかった。フリッツは自分よりも、よほど他人の機微に聡《さと》い。なにか有益な情報を得られるかと思って話したのだが、案の定真っ先にからかわれ、シモンはいい気はしなかった。

「いいじゃないか。この国にいたころは、びくびくして良い子にしてたテオが、お前に説教できるまでになった。喜ばしい成長だろ」

それに対しては、異存はない……と、シモンは思う。

この世でたった一人のシモンの弟、テオは、正真正銘ケルドア大公家の血筋であるにもかかわらず、グーティではなく、タランチュラでさえもないという生まれのせいで、長い間不遇の身だった。テオドール・ケルドアは、この国には珍しいロウクラスを起源種にしているのだ。

差別意識の強い大公宮の中で、まだ小さかった弟を気にかけていたのはシモンだけ。おかしくなっていた母親と冷たかった父親は、弟に名前さえ与えなかった。まだ十八歳だったシモンは、この子を追い詰めてはならないと、名前を与え、できうるかぎりの情けをかけた。

とはいえ、愛など知らないシモンにはどう接すれば弟を苦しめずにすむのかが分からなかった。自分が与えられたことのないものを、与えるのは難しい。だから頭で考え、ひねりだしたことだけを行った。泣いているときには抱きしめ、できるかぎり話をきくこと。週に数度は時間を作り、せめて眠る前に絵本を一冊読むことや、誕生日には、ささやかでも祝うこと……そうした些細《ささい》な決めごとを繰り返し、テオは優しく育ったけれど、それでも最終的には国から出さねばならなかった。シモンはテオが、誰かに殺されないかという不安に取り憑《と》《つ》かれていたのだ。

結局シモンは、テオを七歳でフリッツの実家に預けた。そのときのことを思い出すと、後悔に苛まれる。やはりもう少し手元で育てたかったという、そんな気持ちが残っているのだ。

けれど、結果的にはよかったとも思う。

フリッツの両親は愛情深く、血の繋《つな》がらないテオをまるで実の孫同然に育ててくれた。無償の愛を注がれた六年で、テオはもう、以前のように萎縮しなくなっていた。ロウクラスの小さな体だが、もともと高い教育を受けている。学校の成績もかなり上位にいるらしい。もちろん、本人が相当な努力をしている証拠だろう。

その努力あってか、あるいは多くの人間関係に揉《も》まれて育ったせいか、十三歳になったテオは、利発で洞察力に優れた少年になっていた。

今年の初め、シモンは空の公表と一緒に、葵と式を挙げた。テオはその直前に帰国してきたのだ。

およそ六年越しに再会したテオと葵は、涙ながらに抱きあい、会いたかったよと淋《さび》しさを訴え合っていた。葵は抱き締めたテオの体を、長い間放さなかった。置いていってごめんねと、自分にはなんの咎《とが》もないはずなのに、何度もそう言ってテオに謝った。

シモンは空と一緒に二人の様子を見ながら——赤の他人同士が、こんなにも深く想い合えるものなのかと驚いたものだ。

その一方で、テオはシモンにこっそり、釘《くぎ》を刺すことも忘れなかった。

いわく、

——ケルドアに来てくれたのは、アオイの温情でしょ。兄さまが来てくれって言えるはずない。式だって、アオイは兄さまに合わせてくれてるんだと思うよ。ちゃんと、分かってあげてね。

弟のこの一言に、正直シモンはぎくりとした。なにもかも、その通りだったからだ。

シモンは葵に来てくれとは言ったことはないし、式を挙げたのも、なかば意地のようなものだった。葵を大事にしないだろう議会や国民への、シモンなりの意思表示である。自分は葵を正式な伴侶とするし、わずかな期間だが大公妃として扱うという表明。お前たちもそうしろという、脅しもこめていた。けれどテオには、式が終わったあとで、

──大事にしてるようでいて、それは自分勝手なことかもしれないんだよ。

と、苦い顔をされた。

──アオイが式の間中、震えてたの、気づいてたでしょう？

挙式はお世辞にも、祝福された幸福なもの、とは言い難かった。

実の母に仕立ててもらったという白い礼服を着た葵は、中性的な雰囲気で、しっかりとした体格のシモンに並ぶと花嫁然としていて違和感はなかったし、青い服の空は文句なく愛らしかった。

国民たちは空を紹介すると、わっと歓喜に湧き、老齢のものなどは泣き崩れていた。ああ神よ……これで我らが永遠の魂は約束されました……大袈裟《おおげさ》な感謝の声が──けれどケルドアにおいてはまるきり大袈裟でもなんでもなく、ごく当然のこととして、囁《ささや》かれた。

けれど葵との式の間は、まばらな拍手が白々しく広場へ響き渡るだけだった。国民たちはアゲハ出身の大公妃には、なんの興味もないのだ。なるほど、性モザイクは確かに優秀な種床なのだなくらいの、無遠慮で差別的な視線ばかりが葵に集まっていた。

……さほど、お美しくもない。

あれくらいなら、お若いころのアリエナ様のほうが……これまでの、お相手のほうがよっぽど……という声が、ちらちらと聞こえてきた。シモンはとりわけ耳がいいとはいえ、一応はハイクラスに属している葵にも、たぶん聞こえていただろう。他人の美醜などどうでもいいシモンにとっては、葵がこれまで相手にした娘たちや、若いころの母と比べて美しいか醜いかなど、よく分からなかった。ただそんなことを比べるべくもなく、葵のほうが数千倍も好ましいし、他の娘たちなど記憶にも残っていないのだから、美醜はどうでもいい。葵の美しさは容姿にあるのではない。これまで接したことのない柔らかく優しい心根にあるのだと、シモンは思っていたが、身一つで嫁いできた葵にとっては、国民たちの言葉は辛いものだったろうと想像がつく。

葵はずっと笑顔を絶やさなかったが、その指先は青ざめ、震えていたことは、すぐ隣にいたシモンには分かっていた。

辛《つら》かったか、とあとで労《いたわ》ると、式の直前にした「もう嘘はつかない」という約束を守り、誤魔化《ごまか》そうとはしなかったが、

——辛かったけど……覚悟してたから大丈夫。

と、微笑《わら》われてしまった。これでは慰めようもない。

そんなあとでのテオの苦言だ。シモンはそれからずっと、葵との挙式は間違っていたの

だろうか……という悩みにつきまとわれていた。

（だが、アオイは私の伴侶だ。ならば公人でもある……仕方がないことではないのか――）

大公制度の廃止を決めたとはいえ、千年以上の歴史を誇る国である。簡単に、明日から共和制というわけにはいかない。大公家には宗教的な意味あいも強くある。制度がなくなっても、国民が若い世代にかわり、外国人が国に増えて、混血が進まない限りは、常に人々の眼を気にせねばならないだろう。そうして、大公家が元大公家として、形ばかりの家になり、〝神〟としての威信を失うのは、たぶんシモンの代では難しい。あるとすれば空の代だ。ならばシモンの伴侶である葵は、どうしても、生涯公人として振る舞うことを求められるのである。

それくらい、賢いテオには分かっているはず。

それでも苦言を呈するのは、せめて無理をさせている償いに、葵を大事にしろということかと、シモンは勝手に解釈し、葵がほしいというものはすぐに与え、葵を傷つけそうな使用人は片っ端から排除した。そのやり方がうまくないと、葵にあとで泣かれたり、「もうこんなことしないで……」と言われたりもしたが、シモンはべつに、彼らをすべて解雇していたわけではなく、勤務地を遠くへ変えさせたケースがほとんどだ。

自分では許容範囲と思われたし、いずれ大公家が一貴族となるときのためだと言い訳して、使用人の補塡《ほてん》には外国人を多くあてた。もちろんそれを、古くからの使用人が苦々しく思っていることは感じていた。しかし少しでも葵が過ごしやすいようにと、必死だったのだ。

葵は空が勉強をしているなら自分もと、家庭教師をほしがった。ケルドアの文化や歴史、そして広く欧州の慣習、文化、歴史と一緒に、語学を学びたいと言うのだ。シモンはすぐに、数人の家庭教師を手配した。教師たちは一流の人々を、ヴァイク国から雇って通わせた。彼らには葵への偏見はなく、熱心に勉強するお方で……とよく褒めてくれる。時折、老齢の教師などは不敬にあたらない程度に、大変にお美しい方で……とも言ってくる。世辞かもしれなかったが、それを信じるなら葵は国民が言うよりも、ずっと美しいということになる。

美醜の問題は置いておくとしても、真面目な人柄は本当のことだろう。葵を認められると、なぜかシモンは自分のことでもないのに、やたらと満足した。

それに葵の努力は、事実、聞かなくても伝わってきた。空のナニーであるリリヤからも、立ち居振る舞いや作法など、改めて学び直したらしい。葵は日々、洗練された佇《たたず》まいになっていき、それははっきりと見てとれた。今ではドイツ語も、日常会話程度ならできるようになったし、ケルドア語の他にも、フランス語、ラテン語も勉強している。ケルドアの歴史など、すっかり学び尽くしてしまったと教師から聞いた。

さすがに勉強のしすぎではと心配になり、シモンはそんなに頑張らなくていいのだぞ、と言った。けれど葵は笑うだけだ。

——大公家の人間なら、当たり前のことでしょ？　俺もできなきゃ。

そんなふうに言うのだから、葵はとっくに公人として生きることを決めてくれたのだろう。だが……。

夏期休暇で帰ってきたテオにその話をすると、とてつもなく怖い顔をされたのである。

「決めてるからって、苦しくないわけないでしょ？　自分のためじゃなくて、兄さまのための努力だよ。全部全部、兄さまのため。アオイが自分のためにやってることなんてわずかじゃない」

ムッとして黙りこんでいるシモンに、テオはどんどん追い打ちをかけた。

「大体ね、アオイは兄さまと違って、自由にこの城を出ることもできないんだよ。それなのに城の外に出たときのために、必死に学んでるのを見て、なにも思わないの？　勉強ばかりさせてほっとくなんて。かわいそうに、まだ新婚なのに」

ずいぶんと辛辣な言葉の数々に驚いているうちに、さらにこの言葉が続いたのだ。

——餌をやらないでいると、愛想を尽かされると。

「まあ、テオの言うことは一理あるなあ。お前は周りに、アオイを伴侶として認めろというわりに……肝心のことをしていない。それじゃ、説得力にかけるぞ」

聞いていたフリッツは、おかしそうに肩を竦めた。

「肝心のこと?」

なんのことか分からず眉根を寄せると、フリッツがため息をついた。分からないふりはよせよ、と続けられる。

「匂いだよ、シモン。アオイにはお前の匂いがついてない。夫婦かもしれないが、二人はセックスレスだって、周囲には丸分かりだ。神さまの匂いは格別だからな、意識してないケルドア人はいないだろ?」

(……セックスレス)

思いがけない言葉を聞いて、固まる。

予想外、って顔するなよ、とフリッツが苦笑し、シモンは初めて、この友人との間に齟《そ》齬《ご》が生まれているのを感じた。

「だが——子どもはもういるのだぞ。ならば、性交渉の必要はあるまい」

「セックスは子作りのためだけにするものじゃないだろ?」

訊《たず》ねられて、シモンは再び口を閉ざす。フリッツに言われるまでもなく、性行為が愛情の確認作業に行われることくらいは知っている。だが、その作業が自分と葵に必要なのかと問われると、シモンは答えかねた。

する意味が分からない。

己の匂いがついていようといまいと、使用人たちの葵への態度が一変するとも思えないし、セックスは葵の健康にいいわけでもない。子どもだって、空がいればこれ以上必要なわけではない。むしろ性モザイクの葵には負担だろう。

「……する、意味がない」

　ぽつりと言うと、フリッツは「正気か？」と眼を丸くした。

「冗談だろう？」

「なぜだ。フリッツ、お前が思っているほど、私はその行為を重要に思っていない。それとも、性モザイクは度重なる出産を経験したほうが、ホルモンが安定して長生きする……というデータでもあるのか？」

　フリッツはポカンと口を開け、しばらくの間固まっていた。おいおい、とか、まさか、と繰り返している。

「……スミヤが……お前も知ってるだろ。アオイの日本の主治医だ。画期的な治療法を確立してくれたおかげで、性モザイクも今では複数の子どもを持てる……ホルモンバランスは産後のほうが安定するから、そりゃまあ……べつに、子どもは産める」

「だが、普通の女性にとってもリスクのある行為だ」

「もちろん、性モザイクにとっては、通常の女性よりもリスクは高くなるさ……データ上は確認のとれていない数値だが……だが……いや、今はそういう話じゃないだろう？」

訊《き》いてくるフリッツに、「ではなんの話だと？」と、シモンは顔をしかめた。

「有意義でない以上、セックスなど、する必要はないだろう」

言ったとたんに、フリッツは愕然《がくぜん》とした様子を見せた。

やがて険しい顔をすると、どこか怒ったように「アオイにはそれ、言うなよ」と、呟《つぶや》いた。

「アオイは……する意味がないとは思ってない。お前さえ望んでくれるなら、応える気があるんだ」

さすがにアオイがかわいそうだぞ、と独りごち、フリッツは乱暴に立ち上がった。

シモンは妙な焦燥感に襲われ――それがなにかよく分からずに、困惑した。

「アオイからそんな素振りをされたことは、一度もない」

つまり、セックスをしたい、という素振りだ。

同じベッドに寝るようになって九ヶ月、シモンは誘われたことなど本当になかった。時折、優しい抱擁をすることはあるが、そこに性的な影は微塵《みじん》もない。

「そりゃしないだろうね。あの子はそういう子だろ」

呆れた顔と声で、自分のほうが葵をよく知っている、と言いたげなフリッツに、また、正体の分からないもやもやとしたものを感じる。

「アオイが心底望んでいるなら、しないこともない」

「おいおい、本気か？　そんなことをアオイに言ったりするなよ。もし言うなら、お前を抱きたいから抱かせてくれ、とでも言うんだな。それ以外の言い方はダメだ」

傷つけるぞ、とフリッツは言い、シモンは黙りこんだ。

フリッツの言い分は理解できる。しかし、自分から抱きたいと言うのは違う。それでは嘘になる、とシモンが呟くと、フリッツは眉をつりあげて、さっきよりもっと怖い顔になった。

「……本当に、ちっとも、その気にならないのか？　想像したことは？」

フリッツは苦々しげに言う。

「あの子を公《おおやけ》の伴侶とか、ソラの母親だとか、お前にとって特別な位置にいる誰かとして扱うより前に――抱きたいとか、キスしたいとか、そういう欲望はまったくないっていうのか？　アオイが望んでいたとしても？」

問われた言葉を、シモンは真面目に考えた。

葵とは、毎晩一緒に眠っている。葵が落ちこんでいれば胸に抱くし、シモンが疲れていれば葵の肩に頭を預ける。

それはどこまでもただ心地よいだけ、安堵《あんど》するだけの行為だ。思えば葵に触れていて、勃起したことがない。いや、もともと、シモンは簡単には勃《た》たないほうだった。過去の性行為の最中も、大半は自分で扱《しご》いて無理矢理勃たせていた。

（……九ヶ月で一度もそういう気分にならないということは、私にとってアオイは、そういう対象ではないのでは……）

ふと思ったそのとき、黙っていたフリッツが「嘘だと言ってくれよ」と渋い顔をした。

「なあ、それじゃあ数年後……お前の情緒が人並みに育って、愛だの恋だの分かったときに……お前、アオイ以外の誰かを好きになるかもしれないのか？」

「なにを言う」

わけが分からない、とシモンは顔を歪《ゆが》めた。愛や恋など、この先も分かることはなさそうだし、分かりたいとも思っていないが、相手が葵以外というのは、ありえない。

けれどフリッツは真面目な顔をしていた。

「ないとは言い切れないだろ。俺はアオイとお前が結婚してからは、さすがに今日くらいは間違いが起きてるんじゃと思って、アオイに会いに来てたよ。つまり、お前さえ覚悟が決まれば、お前はアオイに惚《ほ》れてるはずだから、アオイを抱きたくなるだろうって考えてたんだぞ」

でもその様子じゃ、勃ちもしないってことだよな、と言いあてられて、シモンは言葉に詰まった。まるで人が、勃起不全かなにかのような言い方だ。だが似たようなものかもしれない、とも思う。

（そんなにも異常か……？）

「異常さ」

言ってもいない心の声を読んだかのように、フリッツが答えた。

「少なくともテオが心配する程度には。お前がアオイに無体を働きたくないと我慢しているのなら、まだ分かる。だがそうじゃないなら……そうじゃないなら、俺は自分の思いこみを正さなきゃいけないかもしれない」

「どういう意味だ」

「俺はお前が、アオイに惚れこんでると思ってた。だから、俺は必死にあの子を呼び寄せたんだ。……それがまさか、そういう対象として見てないなんて……」

フリッツは青ざめ、絶望したように片手で顔を覆った。

「俺はアオイになんて謝ればいい？　一生抱いてもくれない男と、結婚させたなんて！」

ああー、がっかりだ。シモン、お前にはがっかりした、と繰り返して、フリッツは怒りながら、部屋を出ていこうとする。なににがっかりされたのか、なぜ怒らせたのか、シモンにはよく分からない。いや、頭では理解できるが、感情的にはなにをどう飲みこめばいいのか、気持ちが受け入れようとしていない。自分はなにも間違ったことはしていない、という気分だった。

扉に手をかけたフリッツは、突然シモンを振り返り、こう付け加えた。

「いつか他に誰か愛しても、アオイを捨てるなよ！」

そのまま、フリッツは部屋を出ていってしまい、取り残されたシモンは困惑の渦の中にいた。

（私が他の誰かを愛して、アオイを捨てる？）

そんなことをするわけがない。

なのになぜ、フリッツはああも怒っていたのかと、シモンは理不尽な気がした。同時に、テオに非難されたときと同じ不快感が、もっとずっと強く、心の中へ満ちてくる。

（セックスをしなければ、情がないことになるのか？　べつに嫌だと言っているわけではない、必要だと思わないだけだ――）

十四歳から、シモンにとってセックスは愛情表現などではなく、単なる義務だった。それは相手を道具に見立てる非情な行為であり、愛などまるでなかった。そんなものを、なぜ葵としたがらねばならないのか、と思う。セックスが愛情表現だと言い切るのは、ごく一般の、普通の暮らししか経験していない人間の価値観であって、シモンの生き方とは違う。

葵には十分すぎるほど、情をかけている。セックス以外でこんなにも心を割いているのに、なぜ葵をまるで好きではないかのように言われねばならないのだろう？

ましてやいつか、葵以外の誰かを愛するなどと――。

（抱かれないから私に気持ちがないと思っているなら、アオイもアオイだ）

苛立《いらだ》ちは、ついにはこの場にいない葵にまで、身勝手にも飛び火した。

そしてセックスがテオの言うところの「餌」で、セックスがなければ「餌をもらっていない」ということになるのなら、葵を軽蔑してしまう、とまで思う。なぜだか、自分の領域に土足で踏みこまれたようで苛立つ。脳裏にはふっと、アリエナの影がよぎった。

己の価値観を強く押しつけてきた母への、抑圧された怒りの感情が、不意に心へ蘇ってくる。乳房を吸えと迫ったり、お前がどうしてもというなら、私がお前の子どもを産むわ、と母は言いさえした。

正気の沙汰ではない。母に常に感じていた気味の悪さが、そのまま一瞬だけだが、葵と自分との関係にも持ちこまれたような気がして、不快だった。

（低俗な……アオイが私に与えてくれている愛情は、もっと神聖な、美しいもののように……感じていたのに）

葵には、己を犠牲にしてまで、シモンのために尽くそうとするところがある。それはシモンを傷つけ苦しめたが、同じくらい感動もさせてきた。葵のそんな気持ちを知るたびに、胸が痛み、これまで誰にも感じたことのないような感情が芽生えた。

胸が締めつけられる、不可思議な情だ。優しくしてやりたい。誰より大事にしてやりたい、そう思わされる。

それは葵にも伝わっていると思っていた。それなのに、セックスがなければ満足しないというのなら、なにやら美しいもので結ばれているように感じていた自分たちの絆《きずな》に、水を差された気分になる。

それではまるで……セックスは義務ではないか。

……欲情しないのなら想いなどないと、まるで葵に責められたような気がした。もちろん、ただの思いこみだと分かっている。

しかし、このまま抱かなければ、葵はいつか――自分に愛想をつかし、いなくなるのだろうか？

そう思うと、苛立ちの中に不安が混じる。その感情に、シモンはいっそうもやもやとさせられた。


「あっ、パパ！　パパパーっ」

すっかり口に馴染《なじ》んだ英語で、空はシモンを見るなり可愛《かわい》い歓声をあげた。

真っ白なセーラー服に、麦わら帽子。膝小僧を出した半ズボンという愛らしいスタイルで、空はテオと一緒になって、夏の庭を駆け回っていた。

南側の、日当たりのいい敷地にはもともと生け垣が連なっていたが、シモンは今年の春に、その生け垣を使って迷路を造らせた。アイディアを出したのはテオだ。寄宿先から電話をかけてきて、

『あの城は子どもには退屈だし、そのうち友達を呼んであげないといけないよ。あと、もっと遊べる場所を増やさなきゃ』

と言われた。テオにしてみれば、子どものころにああしてほしかった、こうしてほしかったという思いがあるのだろう。率直に言ってもらえて助かる反面、自分のいたらなさを思い知らされるようでもあった。つまるところそれは、子どものころにテオが感じていた不足そのものというわけで、当時のテオは遠慮して、シモンに言わなかったのだから。

「パパ、いっしょにめいろしよっ」

足にまとわりついてくる空に、葵が慌てて駆け寄ってきた。サマーニットに仕立てのいいコットンパンツをはいている。細い首筋には、走り回ったあとの汗が浮かんでいた。

「こらこら、ソラ。パパはお仕事が残ってるんだから……」

えー、と不満そうに唇を突き出す空のことは、素直に愛おしく、可愛かった。

たしかにシモンは、午後の仕事を途中で放り出して庭に下りてきたのであるが、すぐさま帰るのはもったいなく感じた。仕事は山のようにあるけれど、どうしても急ぎのものは終わらせている。

「いや。平気だ。ソラ、おいで。迷路を上から見てみるといい」

そう言うと、空はきゃあっと喜んで、シモンに抱きつく。小さな体を抱きあげて肩車をしてやると、空はほっぺたを真っ赤にして「たかいたかーい」とはしゃいだ。

「シモン……いいのに。仕事あるんでしょ？」

心配そうな葵に、小さく微笑《ほほえ》んでみせて、「大した量じゃない」と、安心させる。大きな瞳をホッと緩ませる葵を見ていると、胸の奥になにか、言葉にならない甘酸っぱいものがよぎった。

――いつも負担にならないように……お前は私を気遣っている。

それが嬉《うれ》しいような、淋しいような、不思議な気持ちだった。

「じゃあソラが、僕らに道を教えてよ！」

テオが真っ先に迷路の中へ入っていき、空くらいなら、簡単に背に乗せられるほどの大型犬のレオ――レオンベルガーという犬種らしい――が、ふさふさのしっぽを振り回しながらそれに続いた。

生け垣はちょうどシモンの眼の高さで、肩車された空からは全体像が見えるはずだ。しかしまだ五歳の空の指示は不明瞭で、「あっち！　やっぱりこっち！」と、おふざけも混じって、結局三人は迷いに迷い、テオも空も声をあげて笑い出した。

やっと迷路から戻ってくると、葵がリリヤと一緒に待っていた。シモンの肩から降りた空が真っ先に葵に駆け寄っていく。腰に抱きついた空を抱きあげ、葵は混じりけのない優しい笑みで「よかったな、ソラ」と言っている。ふと横を見ると、それを見ているテオの横顔が、シモンには少し淋しげに映った。

「……羨ましいか?」

　思わず訊いていた。テオも本当は、葵にああして甘えたいのではないかと、そう思ったのだ。けれどテオは訊かれるとくすっと笑い、「兄さまが、そんな言葉を使えるようになるなんてなあ」と、一人ごちた。それから、

「僕を気にしてる場合じゃないでしょ」

　と小生意気なことを言う。

「ソラーっ、今度はお馬に乗ろう!」

　テオが誘うと、空は嬉しそうにこちらへ駆け戻ってくる。馬というのは遊具ではなく本物の馬である。城では数頭のサラブレッドの他に、ポニーを飼っていて、遊び時間なら自由に乗ってよいことになっていた。リリヤが、そういうことならおともいたしますわ、と言って、空とテオをつれて馬場のほうへ行く。テオは空の手をひいて、すっかり兄のようだった。

　十三歳のその背中を見ていると、ふっと、遠い夏の日、兄さま、と呼びながら駆け寄ってきたテオの幼い顔が思い出され、それはどうしてかシモンを切ない気持ちにさせた。

　空たちを追いかけたものか悩んだような顔をした葵に、シモンは、

「少し休んだほうがいい。日向《ひなた》に出ずっぱりでは、熱中症になる」

と、声をかけた。小さくてもグーティである空と、ハイクラスのリリヤ、若く健康なテ

オとでは、性モザイクの葵は基本的な体力がまったく違うことを、シモンはフリッツから何度も言い聞かされて知っていた。

「そうだな。じゃあ……そうする。シモンも、ありがとう、つき合ってくれて」

「いや……」

自然と手を差し出すと、葵もまた、するりとシモンに寄りかかる。初めのころは照れていたようだが、リリヤの特訓もあってか、貴族の娘のように葵はエスコートされることに慣れた。公の場では常にこの体勢にならねばならないのだから、これはありがたい変化ではある。ただ、初めのころの、なにをするにも戸惑い、頬《ほお》を染めておずおずとシモンの手に手を重ねてきた葵の姿は、あれはあれでいいものだった……と、シモンは理由も分からず、内心で思っていた。

庭からテラスにあがり、木陰の下に入ると、リリヤが用意していったらしい、冷たい飲み物が置いてあった。葵を椅子に座らせると、「ありがとう。もう仕事に戻って」と気遣いの言葉をかけられた。白い額には汗が浮かんでいて、それを拭う葵の指は細く、優美で美しく見えた。シモンは、それにどうしてか困惑した。

「……アオイ。実はお前に話があって、下りてきた」

「……？」

きょとんとする葵の隣に、シモンは腰を下ろした。しばらく言葉を探し、なんと言えばいいのか迷う。脳裏には、テオの言葉や、フリッツの言葉がちかちかと明滅しているようだった。

――アオイに愛想尽かされるよ。

――アオイがかわいそうだ……。

こんなことを訊ねるのは本意ではない、という気がした。私は十分、するべきことをやっている。葵のために、他の相手にはしないだろうことを次々とやっている。十分すぎるほどの特別扱いをしている。

……それなのにまだ、まだこれ以上望まれては困る――そう思う気持ちを、シモンはぐっとこらえた。愛想を尽かされて、出ていかれるのは嫌だった。

「その……お前、なにか――不満がないか」

「不満？」

びっくりしたように、葵は眼を丸くする。長い睫毛にふちどられた橙《だいだい》と瑠璃色のオッドアイは丸くて大きい。葵は少し困った顔をした。

「不満なんてないけど……」

「嘘はつかないと約束しただろう。……私と、なにかしたいことがあるんじゃないのか」

どうしても。

どうしてもどうしてもどうしても、葵が自分と、セックスをしたいと言うのならしてもいい。

それが葵にとって必要で、ここにとどまるために重要ならば、やむをえない。

シモンは頭の中で、この瞬間そう決意していた。葵と空をこの国に受け入れるとき、与えられるものは、すべて与えると決めたのだから。

じっと、真剣に葵の顔を見つめていると、葵の顔が見る間《ま》に赤くなっていった。

「わ……分かってたの？　シモンには迷惑になると思って……だから言えなかったんだ。でも、どうしても、絶対にそうしたいってわけじゃなかったから……嘘をついてたつもりはなくて」

瞳を潤ませてうつむく葵に、やはり、という気持ちになり、シモンは一瞬うろたえた。けれど耳朶《じだ》まで真っ赤になっている葵を見ると、不思議と、フリッツに苦言を呈されたあとの理不尽さや、嫌悪感のようなものは湧いてこなかった。アリエナの影まで思い出し、不快感に陥っていたというのに――いざ恥じらっている葵を見ると、それよりも、かわいそうに思う気持ちが勝《まさ》った。

気がつくと、シモンは身を乗り出して葵の手を握っていた。小さな手だ。握りしめると、なにか言葉にならない甘いものが、心に満ちてくるような気さえする。

「お前が望んでいるなら、かまわない。……今から部屋に行ってもいいが……」

そっと言うと、葵は睫毛を震わせて、おとなしくこくりとうなずいた。

自分でもどうしてなのか、その仕草に胸が締めつけられ、心臓がどきどきと脈打った。

では、行くか、とかける声が心なしかうわずっているような気がする。

誰かを抱くのは数年ぶりだ。傷つけないようにできるのか。大体葵相手だと、どちらに挿入すればいいのか……両方にすればいいだろうか、などと考えているうちに、葵が「こっちに」と恥ずかしそうに誘い、部屋につく。

(私たちの寝室ではないのか?)

葵の部屋にも小さなベッドがあるにはあるけれど……と不思議に思いながらも、一緒に部屋に入る。昼間だからここで、ということかもしれない。そう思っていると、葵がもじもじしながら、

「これ……ここなんだけど」

と、数枚の写真を持ってきた。

なにかがおかしいと思ったのは、そのときだ。受けとった写真はケルドア南部に位置する海岸地帯の風景で、美しい砂浜と穏やかな海が広がっている。

(これとセックスが、どう関係しているのだ……)

眉根を寄せるシモンに気づかないのか、葵は遠慮がちに続ける。

「フリッツに聞いたんだ。ケルドアにはきれいな海辺があるって。観光地じゃないから外国人はよほどじゃないと入れないけど、シモンはここに別荘を持ってるって……その、ソ

ラが生まれてから、俺は一度も、海に連れていってあげたことがないし……家族で海へ遊びに行くのって、小さいころに憧れてたんだ」

　――セックスじゃないのか。

　と、シモンは一瞬、口に出しそうになった。息を呑《の》んでそれを抑えこみ、「……いや、そうだな。海。別荘は持っている」と、答える。

　なぜ、海。私が知りたいのは、お前が私と寝たいかどうかだ。

　と、思うが、言えない。葵ははにかみながら、「シモンには俺の気持ちなんて、なんでも、分かっちゃうんだね」などと言っている。

「仕事が忙しいだろうし……無理してほしいわけじゃないから、難しかったら気にしないで」

　訊いてくれてありがとう、と優しい声で言う葵に、シモンは知らず、小さくため息をついていた。この程度のことですら、葵が我慢しようとしているのは、シモンにとってはあまり嬉しいことではない。

　心の中にはまた、得体の知れないもやもやとした感情が湧いてくる。これくらい、こんなことくらい、セックスに比べればどうでもいいことではないか――あまりにささやかだ。そんな気分になる。

「いや、行こう。明日にでも。メイドに言って支度させる。リリヤとテオも連れていこう」

きっぱりと言うと、葵は眼を丸くした。

「明日って……仕事は？」

驚いている葵に、シモンは「なんとでもなる」と答えた。グーティ・サファイア・オーナメンタル・タランチュラなのだ。やろうと思えば大抵のことはどうにかできる。

写真を返すと、葵は嬉しそうに微笑んだ。幼げな作りのその細面に、じわじわと喜色が広がっていく。とろけるような瞳で、葵はシモンを見あげ、「ありがとう。シモン。嬉しい。……大好き」と呟いた。

一瞬、心臓がどくりと脈打ち、下半身になにか重たい熱がじわりと広がってくるような気がした。けれどシモンはそれを無視して「ソラとテオには伝えておいてくれ。リリヤにも」とだけ言いおくと、葵の部屋をそそくさとあとにした。

（セックスではなかったぞ！）

廊下に出ると、なぜだか腹だちまぎれに、フリッツにそう言ってやりたくなった。

お前があれほど言うからわざわざ訊いたというのに――葵が望むなら、しても構わないとまで決めたのに、そうではなかった。海だった。

とんだ取り越し苦労だ。自分がばかげたことをしたように感じる。執務室へ戻る道すがら、初めはフリッツに対して怒っていたシモンだが、だんだんと、「私に抱かれたいか？」と訊いていたなら、葵はどう答えたのだろう……と疑いはじめた。

実際問題、葵はシモンとそういうことをしたいのだろうか？　テオとフリッツの口振りからすると、したいように思える。しかし葵から出てきた答えはまるで違うものだった。それは九ヶ月、シモンがまるきりそんな態度を示さなかったからかもしれず――内心ではどう思っているのかまでは分からない、と思いいたった。

（……しかし。なにかしたいだろうと訊いて、真っ先に出てくるのが海ということは、優先順位は低いと……考えても構わないのか？）

ならばもう、シモンは気にしなくてもいいのだろう。

もう一度葵を抱くことを考えはじめると、再び憂鬱な気分がシモンを取り巻く。それはついさっき、葵を眼の前にしていたときにはまるで感じなかったものだ。恥ずかしそうに眼を伏せ、小さな耳を赤くしてうつむいていた葵を見たときには、嫌悪など微塵もなく、むしろすぐに優しく抱いてやろうとさえ思った。

けれども少しでも葵から離れると、またしても妙な嫌悪感と苛立ちに、シモンは心を支配されてしまう。

葵に離れていかないでほしいと思う気持ちが、自分の正常な判断を鈍らせている気がした。そもそも必要性を感じていないのに、葵が望むならセックスをしてもいい、しかも今すぐにでも……と思ってしまうなど、まるで自分らしくない。

（アオイを前にすると……感情的になってしまう……）

これでセックスなどしてしまえば――どうなるのだろう、と思う。ただでさえおかしくなっている判断力が、もっと歪みはしないのか……。

執務室の手前で、シモンはたまたま歩いていた執事と会った。

「ディーヴィー」

幼いころから呼んでいる彼の愛称を口にすると、執事は厳かに礼を執《と》った。

「明日、海岸地帯の別荘へ行く。各方面への連絡と、支度を頼む。同行者はアオイ、ソラ、テオ、リリヤと、それから犬のレオだ。別荘の使用人たちにも連絡を入れろ」

執事は一瞬言葉に詰まり、「明日ですか」と訊き直してきた。声にはならない非難と戸惑いが、そこにはうっすらと含まれているようだった。

「明日だ」

構わずに断定すると、今度はかしこまりました、と頭を下げて引き下がる。

なにか言いたげな執事の雰囲気を、もちろんシモンは感じ取っていた。しかし汲《く》む気はなかった。この執事とは、葵がこちらへ来て以降、あまり関係が良くない。本当は解雇したいところだが、葵から止められて仕方なく雇い続けている。

（仕事を片づけてしまおう）

と、シモンは思った。

セックスだのなんだのは、ひとまず忘れていいだろう。葵は望まなかったのだし、自分は「海辺での娯楽」という楽しみを、葵に与えようとしている。それはおおよそ、シモンらしからぬ行動なのにも関わらず――でなければ執事から、無言の抗議を受けようはずもない。

だから忘れても許されるはずだと、シモンは自分に言い聞かせた。

海辺の別荘を訪れたのは、シモンにしても、実に十数年ぶりのことだった。

美しい砂浜に、青い海。長らく使っていなかった白い木造の別荘は美しく保たれており、急な来訪にも関わらず、執事の指示のおかげか、館には十分な準備がされていた。

しかし急いで来たために、一つだけ誤算があった。それはこの別荘で働いている使用人のうち数人が、葵への態度が悪いという理由で、シモンが大公宮から追いやった者たちだったことだ。いつものシモンならばありえないミスである――。

出迎えに玄関へ並んだ彼らを見ると、空は、あっ、レティだ、ライオットだ、と彼らの名前を呼んではしゃいだが、テオは心配そうな顔になり、リリヤも唇を引き結んだ。葵の眼にも一瞬不安げな光が宿ったが、すぐに自分の立場を思い出したのだろう、にこやかな表情になり、空の手をひきながら、

「みなさん、お久しぶりです。こちらで働かれていたのですね。どうぞ、しばらくの間、

よろしくお願いいたします」

と、優しく言った。大公妃としては、模範的な態度だった。

（なんということだろう……こんな基本的な確認を怠るとは）

内心で、シモンは自分に腹を立てていた。それもこれも、葵のいじらしい態度に胸が騒ぎ、明日にも行こうと事を急《せ》いたせいである。

とはいえ、ミスを犯してしまった以上仕方がない。シモンは屋敷の使用人を束ねているメイド長を呼び――こういうところには、執事のような位の高い使用人はいない――数人を名指しして、葵に近づけないように、と釘をさした。

言われたメイド長は素直に承諾したが、灰色の眼の中には、はっきりと不服そうな色があった。彼女は長い間この別荘地で働いており、シモンとの関わりも薄ければ、首都の空気からも遠く、当然、突然現れたナミアゲハの大公妃など、とても受け入れられない様子に見えた。

だが、滞在は一週間ほどである。その期間さえ乗り切ればいいと、シモンは気持ちを切り替えた。


「みなさん、とても楽しそうですわね」

波打ち際で遊んでいる空とテオ、それに葵の姿を見ながら、リリヤはにこにこと言った。気のいいナニーは自分も軽装になると、海に浮かべるフローティングマットを運んできてくれたところだ。

シモンは砂浜に、パラソルを差していた。使用人に頼むこともできたが、これくらいは父親の仕事という気がして、シモン自らやっているのだ。

ここはプライベートビーチなので、当然シモンたち以外は誰もいない。

静かな海の向こうに、時折タンカーが通っていくほかは、海鳥の鳴き声と波音しか聞こえなかった。

空とテオはそろいの水着を着ていて、まるで年の離れた兄弟のようだった。テオはよほど空が可愛いのだろう。しょっちゅう抱きあげたり、頬ずりしたりしているし、空もそれが嬉しいらしく、よく懐《なつ》いている。二人の間を、はしゃいだレオが水しぶきをあげながら駆け回り、葵がくすくすと笑っている。葵は裾の長いカジュアルなラッシュガードを着て、足もまたぴったりとしたラッシュガードで覆っていた。そうすると、男寄りの体とは到底思えない、すんなりとした長い足の形がよく分かる。

「本当に、お可愛らしいこと」

リリヤが思わずというように褒めた。

「子どもは無邪気だからな」

シモンが応えると、「まあ。アオイ様のことですよ」とおかしそうにリリヤは笑った。

「……アオイ？」

「ええ。女の私から見ても、愛らしくて……どこか少女のようで、それでいて少年のようでもあって……神秘的で……つい見とれてしまいますの」

あのアンバランスさに、とリリヤは付け加える。

「……アンバランスか」

「中性的で艶《なま》めいています。なのに、まるで今朝咲いたばかりの花のように清らかで……まあ、こんなこと、殿下に申しあげては心配させますわね」

リリヤは朗らかだ。シモンが黙ると、フリッツ様が心配しておりましたの、と彼女は注意深く付け加えた。

リリヤはフリッツからの紹介だ。おそらく、海へ行くことは彼女からフリッツに伝わっている。たぶんそのときに、なにか言われたのだろう。そうでなければ賢いリリヤが、シモンに、葵のことを重ねて褒めそやすとも思えなかった。

「きたる九月に、ご結婚されてから初めてのご公務がおありでしょう。アオイ様はこのところずっと、そのことを気に病んでらしたので……不安定でいらっしゃいます。フリッツ様も気にしてらして……殿下の働きかけがあって、よかったですわ。海はいい気晴らしになりますでしょうね」

リリヤがそう続け、シモンは想像とは違う言葉に驚いた。

フリッツからの言付けだというから、てっきりまたセックス云々《うんぬん》の話かと思っていたが、そうではなく、葵が今度参加する公務のことだった。

ケルドアでは、毎年九月になると大公家から国民に向けて挨拶を行う。長い時間ではないが、夏を終えた人々をねぎらう内容だ。ちょうどその時期、公国が運営する劇場で歌劇なども催されるので、大公家は国民とともにそれらを鑑賞し、終わったあとに挨拶を求められるのが通例である。

去年まではシモンが一人で参列していたが、今年からは葵と空も列席するし、大公妃も短い挨拶をするのが習わしだった。もっとも、母のアリエナは、おかしくなってから一度も顔を出していなかったが。

とはいえ、それはまだ二ヶ月も先のことだ。挙式のときのようなことがないよう、衣装はすでに馴染みのテーラーにシモンから頼んであるし、挨拶といっても本当に二言三言なのだから、葵がそうも気に病んでいるとは思ってもいなかったので、シモンは言葉を失った。

（私は聞いていない……）

リリヤは比較的、まめに葵の様子をシモンに報告してくる。それなのにその話をしなかったのは、シモンがとっくに、葵から相談されていると思っていたからだろう。

現に彼女は晴れやかな顔で、

「殿下もずっとご心配だったことでしょう」

と言っている。

いいや、私は聞いていない、と、なぜか言えなかった。これは嘘や隠し事ではない。九月の公務が不安だ、とシモンに伝えたところでなんの解決にもならないのは、シモンでも分かる。

(言っても無意味なことだ。だからアオイは言わなかった)

意味のないことを厭《いと》うのはシモンの元からの性格であり、葵もそれを承知しているから口にしなかったのだろう……と解釈した。

べつに、それはなにも問題ではない。

それなのに、なにか言葉にならない不快感が心の中に渦を巻いた。

「アオイ、交代しよう」

パラソルを差し、ビーチタオルとチェアを並べ終えてから、シモンは葵に声をかけて海の中へ入っていった。子どもたちと水をかけあったりして遊んでいた葵は、すっかり濡《ぬ》れている。海遊びは知らず知らずのうちに体力を使うので、子どもの相手などをしていたら、あっという間に疲れてしまう。そうでなくとも今日は、車で長時間移動してきたばかりなのだ。

葵はさすがにくたびれていたらしい。シモンを見るとホッとしたように顔をほころばせた。

「そう？　お願いしていい？」

「ああ。ソラ、テオ、沖に出てみるか？」

抱えてきたフローティングマットを浮かべ、その上に乗るように言うと、二人は歓声をあげた。

「リリヤが飲み物を用意している。少し休んでいるといい」

「ありがとう」

労《いたわ》って葵の濡れた横髪をそっと耳にかけると、葵はくすぐったそうにした。

パパ、のったよ！　という空の声を聞いて、シモンはマットの紐《ひも》を引っ張って海の中へ入っていった。海は静かで、凪《な》いでいる。遠くにタンカーが通るときだけ、波がざぶんと高くなってマットが揺れ、乗っているテオと空がきゃあきゃあと嬉しそうに声をあげた。

やがてシモンの足も着かないくらい深い場所へ来たので、シモンは立ち泳ぎしながら、二人に、水中を覗《のぞ》きこめるバケツ状のメガネを渡した。二人はマットの上に寝そべって、海の中を覗きこみ、魚や小エビを探し始めた。

ふと砂浜のほうを見ると、リリヤの姿はなく、葵がチェアに寝そべってこちらを見ている。シモンを見ると、微笑んで手を振っている。

空には雲一つなく、まぶしいほどに晴れ渡っている。パラソルの陰は濃く、葵の黒髪はその陰にすっかり溶けこんでいた。視界を遮る建物がないので、空は丸く見える。その下では葵は実に小さくて、二十四歳にはとても見えない。十代の少年か、少女のようだ。

ふとシモンは、子どものころ、父親に連れられてこの海辺へ来たときのことを思い出した。すでに沖まで泳げたので、一人で遊泳し――ふっと振り返ると、父の姿はなく砂浜は無人だった。

この世界に、自分が一人きりで取り残されたのではないか。そんな不安に襲われて、急いで浜辺へ戻ったものだ。あれはいくつくらいのことだっただろう……。

結局、唯一無比のグーティを、海のような危険な場所で遊ばせるなんて……という母の強い反対があり、シモンがこの別荘地で遊んだのはその夏一度きりだった。それからまもなくして子作りが始まり、海遊びなど遠いものとなってしまったのだ。

（父の記憶は……あまりないな）

空が「おっきいおさかながいる！　パパ、見て！」と声をあげたので、シモンは現実に引き戻された。空と一緒にバケツを覗きこむと、隣で見ていたテオが、「兄さま、浜に戻って、たも網をとってこようよ！」と張り切った声を上げる。たも網くらいで捕まえられるものかと、シモンは笑い、空はじゃあどうしたら捕まえられるのと知りたがった。海の上で、シモンは明日は、磯《いそ》へ出てエビをとろう、と約束した。きらきらと期待に輝く空の眼を見て、私はせめて、とシモンは思った。

せめて、海や山や……いろいろな遊びを、子どもから遠ざけるような父親にはなるまい。

子どもから子ども時代を、奪いたくはない。

急いで大人にならなくていいのだ。どうせいつかは誰もが、ならねばならないものなのだから。

そんなことを考えていた。


ひとしきり遊ばせてから砂浜に戻ると、葵はチェアの上でビーチタオルにくるまり、丸まって眠っていた。やはり疲れていたのだろう。よく見ると、眼の下にうっすらとクマができている。足下には犬のレオが、こちらも丸まって葵を守るようにして眠っていたが、シモンが近づくと顔をあげた。

「お食事がご用意できましたよ」

少し離れた場所から、リリヤが呼びかける。今日の昼食は、別荘の広いテラスでバーベキューをする予定だった。

「テオ、ソラを頼めるか。アオイが風邪をひいてはいけないから、部屋で着替えさせてくる」

葵は濡れたまま眠っている。夏場とはいえ、日陰に入ると涼しく、このままでは冷えが心配だった。テオははーい、と元気のいい返事をして空を促し、リリヤのほうへと駆けていった。その後ろをレオが追いかけていく。空もシモンがいるからと、葵のことは心配しなかったようだ。

シモンは起こさないようタオルごと、そっと葵を抱きあげた。腕の中で、葵はすうすうと気持ちよさそうな寝息をたてていた。長い睫毛に砂浜の砂が一粒、ついている。

その姿がまるで子どものように無防備で、シモンはつい、微笑ってしまう。なにかぽかぽかとした、温かい気持ちが胸に溢《あふ》れたが、それがなにかは分からなかった。

緩やかな砂浜を登り切ると、丘の上に別荘があった。中はシンとして静かだ。入り口で使用人が葵を引き取る仕草を見せたが、シモンはそれを眼だけで制して二階へあがった。

その階の海側の一室を、葵とシモンの部屋にあてていた。室内は陰になっているので、エアコンをつけていなくてもほどよく涼しい。開けはなった窓から、そよそよと潮風が吹きこんでくる。去年訪れた日本の夏は湿気が多くて閉口したが、ケルドアの夏は乾いていて爽やかで、過ごしやすいのだ。

奥のベッドへ葵を横たえると、シモンははたと止まった。連れてきたまではいいが、ここからどうしたものかと思ったのだ――。

風邪をひかせないよう、まずは湿ったラッシュガードを脱がすべきだろう。全身潮がこびりついているから、風呂にも入れてやるべきかもしれない……。

しかし上衣のジッパーをそっとおろしながら、シモンは途中で手を止めた。

――アオイはお前さえ望んでくれるなら、応える気があるんだぜ。

フリッツの声が、耳の奥でする。脱がせると、下は素肌だ。白い肌はきめ細かく整い、そこに浜辺の砂が転々とついているのが、ラッシュガードの隙間からも見えた。このままおろせば、桃色の乳首や、小さく慎ましやかなへそも見えるだろう。そればかりか下のラッシュガードをとると、葵は全裸になってしまう。

瞼《まぶた》の裏に、六年前に抱いたきりの、葵の痴態が淡く蘇った。それはハッキリした記憶ではなかったが――他の、どの娘の閨《ねや》の姿も思い出せないのに、葵のそれは覚えていた。恥ずかしそうに、けれど気持ちよさそうに震えて、感じていた葵。男でありながら女でもあるという不思議な体だった。細く硬く見えるこの小さな体軀《たいく》に、こんなにも深くて柔らかな場所があったのかと――初めて抱いたとき、頭の隅で思ったことを、シモンは不意に思い出した。

長く太いシモンの逸物《いちもつ》を、葵の秘部は優しく飲みこんで、きゅうきゅうと締めつけた。甘い声で喘《あえ》ぐとき、葵はいつも涙眼だった。

どく、と鼓動が大きくなり、シモンは気がつくと葵から大きく距離をとっていた。全身になにか熱い、重たい熱が駆けめぐる。それが不快で、気持ちが悪い――。

「……シモン？」

飛《と》び退《の》いた気配にか、眠っていたはずの葵が、眼をこすって起きあがった。

「っ、……起きたのか」

「……あれ、もしかして、俺寝ちゃってた？」

眠たげな声に、シモンは「風邪をひくかと思い、運んだ」と答えた。葵は真っ赤になった。

「えっ、ほんとに？　ごめんな。重かったろ」

「いや……」

空とテオは？　と訊かれ、シモンはリリヤが面倒をみていることと、食事を摂《と》っていることを伝えた。俺も行くよ、と葵は言ったが、眼の下のクマはまだ消えていなかった。

「いや、いい。それより少し休め。お前は疲れているようだ」

「そんなこと……平気だよ」

「私に嘘はつかないと約束しただろう？」

少し語気を強めると、葵は一瞬黙り、それから小さく「そうだったね」と言った。

「じゃあ、休ませてもらうね。眼が覚めたらみんなのところへ行くよ」

「ああ。風呂に入って、着替えもしろ。湯を張ろうか？」

葵はふふ、と笑い、それくらい自分でやるよ、とおかしげだった。その笑顔を見ていると、シモンはなにかよく分からない焦燥にかられた。けれどそれがなにかは分からない。

……お前、私に抱かれたいか？

そう訊きたい気もしたが、抱かれたいと言われたら、どうしていいのか混乱しそうだった。

「お風呂ってこっち……？」

ベッドから下りた葵が、浴室のほうへ歩きながら、上のラッシュガードを脱いだ。真っ白な背中が露《あら》わになり、シモンはなぜかぎくりとしてしまう。なめらかな背中は、葵が十八歳のころと、なんら変わっていないように見える。みずみずしく、美しい肌――湿った黒髪が襟足にまとわりついている様は、後背位で葵を犯していたときの記憶を、ふっと蘇らせた。

また、嫌な高ぶりを感じた。シモンは葵から眼を逸《そ》らし、「なにかあれば、ベルを鳴らせ。使用人が来る」と言って、部屋を出た。

廊下の端にはメイドが控えていたので、シモンは「部屋に水を用意しておけ」と伝えてその場を去った。

歩いているうちにも、頭の中に悶々《もんもん》とした、煩《わずら》わしい感情が渦巻いてくる。

伴侶なのだ。

結婚をしている。子どももいる。

セックスくらい、しても普通だろう。だが。

シモンは下腹部に感じる重たい熱の塊から、必死に気を逸《そ》らした。自分は望んでいない、と思う。十四のころから続いた地獄のような義務は、とっくに終わっている。脳裏にちらつくのは母、アリエナの顔だった。

もしも抱いてしまえば……という想いが、シモンの中によぎる。

抱いてしまえば、私もああなるのでは？

母のように。葵を縛りつけ、欲望の渦の中に引きずりこみ、愛という名の暴力で、なにをしても許されると思いこむのではないか……。

あの蒙昧《もうまい》。迷妄。

シモンには母の愛が恐ろしかった。自分も同じことをしてしまうかもしれない。そう考えると、とても耐えられなかった。

（私は私の欲を、アオイに、押しつけたりしない）

けっしてしないと、シモンは思った。テオになにを言われても、フリッツを怒らせても、葵を傷つけたとしても。

だから胸を騒がせる高揚も、体に灯る熱も忘れようと、そのとき、シモンは決めたのだった。

海辺での休暇は、それから数日は楽しく穏やかにすぎた。シモンは夜寝る前や早朝に軽く仕事をするだけにして、あとは連日家族サービスに徹することにした。

抱かないと決めたからではなかったが、それくらいしか、葵にしてやれることが思いつかなかった。半分、贖罪《しょくざい》のような気持ちが混じっていた。

二日めは、たも網を持って空とテオと葵と三人で磯をまわり、エビをとった。潮の引いた磯辺《いそべ》は岩礁の間に点々と海水がたまり、そこに小魚やエビなどが残っている。割れ目に網を入れてじっと待っていると、エビは長いひげを網のほうへ泳がせて、だんだんと割れ目から出てくる。ここぞというときに網を引き揚げれば、エビは面白いようにとれ、シモンはたて続けに、十数匹をとらえた。

「じょうずだね、パパ」

「ほんとだ。兄さまにこんな特技があったなんて」

空とテオはバケツの中を見てはしゃぎ、葵も感心していた。

「小さなころ、よくやってたの？」

訊ねられて、シモンは一度だけだと答えた。

「だが意外にも、腕が覚えていたらしい」

エビは小さくて食べ甲斐はなさそうだったので、しばらく観察したあとは磯へ戻した。

三日めはヨットを出し、セーリングを楽しみ、夕日が沈むのも見た。沖を行くタンカーを見て、葵が「どこへ行くのかな」と言うので、シモンは「この向こうに我が国の油田がある」と答えた。

「……そっか。ケルドアは豊かな国だね」

そう呟く葵の横顔はどこか淋しげだった。このごろは、ケルドアの文化や歴史もすっかり学び尽くした葵である。半年ほどで、城の書庫にある風土に関する本を、あらかたお読みになられたようです、とは葵の家庭教師から聞いていた。

「そら、ずーっとうみにいたいなー」

四日めには空はそんなことを言って大人たちを笑わせていたが、シモンには一つ気がかりなことがあった。葵はここに来てからだんだん、具合が悪くなってきているようなのだ。初日は移動日だったから疲れていても無理はないと思っていたが、四日めになると、眼の下のクマがもっとひどくなっていた。

白い肌は青ざめ、リリヤも心配していた。眠れていないのかとも思ったが、夜シモンがベッドへ入るころには、葵は寝息をたてていて、そういうわけでもないようだ。

五日め、あと二日で帰るというところで、葵はとうとう倒れてしまった。ちょうど海遊びをしに砂浜に下りていく途中だったので、先頭を歩いていた空とテオは気づいていなかった。シモンはリリヤに子どもたちを頼んで、葵をベッドへ運んだ。

　フリッツを呼ぶと言うと、葵はただの貧血だから寝ていたら治ると言ってきかなかった。

「本当にそれだけか？　夜は眠っているだろう。それでなぜ倒れるんだ」

　そう訊ねたが、葵は「夏バテだよ」と笑うだけで、埒《らち》が明かない。シモンは舌打ちし、部屋を出ると、すぐさまフリッツに電話をかけた。

　フリッツとは、葵を抱く抱かないでもめて以来、まともに話をしていなかった。まだ怒っているかもしれなかったが、背に腹はかえられない。数回のコールのあと、フリッツが電話に出た。普段、ケルドアの首都の病院で嘱託医をしているフリッツの背後からは、がやがやと病院の雑音が聞こえてきた。

「フリッツか。悪いが、意見を訊きたくて電話をした」

　――なんだい。きみらは海に行ってると聞いたけどな。

　まだ若干、とげのある声だったが、通話を切られることはなさそうだ。シモンは葵が倒れたことと、こちらへ来てから、だんだん具合が悪くなってきていることを伝えた。

　――血圧と体温は毎日計ってるはずだ。それは見たか？

「大きな変化はなさそうだったが……」

　――眠れているなら、食事は？

　あまり食べていない、とシモンは伝えた。もっとも葵はシモンから見ると、もともとかなり小食だったので、それが原因とも思えない。

「本人は夏バテだと言う」

——……シモン、きみ、なぜ性急に連れていったんだ。

と、声を潜めてフリッツが言った。らしくない、と続けられて、シモンは黙った。

——いつでも入念すぎるくらい入念に準備するきみが。どうしてろくに準備もせず、海へ？　俺があれこれ言ったせいか。

「……」

電話の向こうで、ため息が聞こえる。

きっかけはフリッツの言葉だったが、急いた理由は別のところにある。だが、うまく説明ができなかった。

ただ、シモンは葵に愛想を尽かされては困ると思った。出ていかれては困ると。どうすればいいのかと悩み、なにかしたいことはないかと訊いて、海へ行きたいと言われた。はにかんだ、可愛らしい顔で——。

(可愛らしい？)

頭の中でそう形容した自分に、違和感を覚えた。

——なあ、そこにはきみに左遷された使用人が大勢いるんじゃないのか。本当に、アオイにとって安全なのか？

心配そうなフリッツの声に、シモンは頭から冷水をかけられたような気がした。

……裏でなにか、嫌みでも言われているんじゃないか。心労でも、人は倒れるぞ。

そう続けるフリッツの声は、もはや耳に届いていなかった。シモンは気がつくと、廊下を駆け戻っていた。

乱暴に部屋の扉を開けると、ベッドに横たわった葵は不自然なほど深く寝入っており、目を覚まさなかった。顔を見ると、青ざめ、息が苦しそうだ。その細い体を片手で抱きあげると、不意に、ベッドサイドに置いてある水差しが眼に入った。それはつい先ほどまで、たしかに存在しなかったものだ。葵を部屋に運んで、シモンが出ていってからの間に、誰かが置いたのだろう水差し――。床にはグラスが落ちており、水がこぼれていた。葵はこれを飲んだのかもしれない……と、思う。咄嗟《とっさ》にシモンは水差しを摑《つか》み、葵と一緒に抱きこんで、再び扉を開けた。

その音に驚いたのか、使用人が廊下に出てくる。シモンは「車を用意しろ！」と怒鳴った。

屋敷の玄関前に停《と》められた車に葵を乗せ、水差しも一緒に持ちこむと、シモンは「どちらへ……」と訊《たず》ねてくる使用人を無視して、エンジンをかけた。

乱暴な運転で、公道へと走り出る。田舎なので車は他に一台も走っていない。カーナビを操作し、一番近場の病院を探す。同時に携帯電話を繫ぎ、城の執事に連絡をした。

――殿下。どうなさいました。

執事の声に、シモンは怒りを抑え、冷静になろうとした。けれど無理だった。体中が震え、喉からは怒鳴り声が出た。

「これから言う場所へ、ヘリを飛ばせ！　フリッツを乗せてこい。それから私の言うものを、必ず用意しろ――――！」


数時間後、葵の体からは砒素《ひそ》が見つかった。それは水差しの水にも含まれていた。ヘリで連れてこられたフリッツは、田舎町の診療所で真っ青になり、柄にもなくうろたえていた。

嫌みくらいは言うかと思っていたが、まさか、そんな……と譫言《うわごと》のように繰り返している。この病院に勤務している医者は、突然訪ねてきた大公に驚き、事態に恐れをなしたのか、診察室の中へ入ってこない。

ベッドで眠る葵は、苦しそうに呻《うめ》いている。

「どうすればいい？」

静かな声で訊ねると、フリッツはハッと顔をあげた。

「と、とにかく首都の病院で胃の洗浄をする。たぶん、まだ少量しか摂取していないはずだ。皮肉なことだが、アオイが性モザイクだったおかげで、普通の人より早めに症状が悪

化したんだろう。しばらく入院すれば、たぶん……」

「入院先の病院で、同じものを水に混ぜる人間がいないと言えるのか？」

その声は、我ながらどこから出ているのか分からないほど低く、硬かった。フリッツは一瞬黙り、それから小さな声で「徹底的に、管理する。……俺の、命に懸けても」と、答えた。

眠ったままの葵を、ヘリの中に用意させた簡易ベッドに運ぶ。葵のことは、先にフリッツが首都の病院に連れていくことになった。シモンはいったん、海辺の別荘に戻らねばならない。

簡易ベッドに寝かせると、苦しげな息をついている葵が身じろぎ、着ていたガウンのポケットからなにか紙切れが落ちた。シモンは機械的にそれを拾いあげて、葵にブランケットをかけてやり、ヘリを降りた。

「シモン……なんと言っていいか分からないが……」

フリッツがなにか言いかけたが、結局言葉にならなかったのか、黙りこむ。自分でも分かるほど、表情が硬く、動かない。心もまるで動かない。分かるのは、今の自分は憎しみと怒りしか感じていない、ということだけだった。それでいて、その感情はどこか遠く、頭は冷たく冴《さ》え渡っている——。

「……フリッツ。これも愛か？」

気がつくと、そう呟いていた。ヘリの騒音の中で、その声はかき消され、フリッツが眉根を寄せて振り返る。六年前……と、シモンは続けた。

「アオイを崖から落として……殺そうとしたとき、母は私のためだと言った。……愛のためだと。ならば、水差しに砒素を混ぜた者も、愛のためにそうしたのか？」

フリッツには聞き取れなかったはずだ。だがどうしてかシモンがなにを言っているのかが、分かったのだろう。不意に近づいてくると、フリッツはシモンを抱きしめた。

「いいや、シモン。そうじゃない。……今、きみがアオイを想う気持ちが、愛だ。……俺が間違っていた」

抱かないから、愛がないなんて。

フリッツが耳元で、そう囁く。

「きみは死にそうな顔をしてる……こんな顔をさせるアオイのことを、きみが愛してないなんて……そんなはずがなかったな」

シモンの背を優しく叩《たた》き、葵のことは任せろと言って、フリッツはヘリに乗りこんでいった。扉が閉まり、シモンは後ずさる。田舎の草原からヘリが飛び立つのを見送るシモンの眼から、冷たいものが一筋、こぼれた。

怒りと憎しみの他に、今自分が感じているものがなにか、シモンには分からなかった。ただ、頬に落ちたものは、たしかに涙だった。

アリエナが死んだときにも、けっして流せなかった、涙だった。

空とテオには、なにがあったか伝えなかった。葵の具合が非常に悪くなったので、急いで首都に帰ることになった、とだけ説明した。二人とも、休暇が縮まることよりも葵への心配が勝り、文句一つ言わなかった。それればかりか、早く帰ろうと急いで車に乗りこんだほどだ。

リリヤには、簡単に事情を話した。彼女は青ざめ、震えていたが、すぐに自分がしっかりせねばと思い直したらしい。空とテオと三人で、しばらく車で待つと言って、次にはもう笑顔で子どもたちの相手をしていた。

シモンは三人の眼が届かなくなったところで、別荘の使用人たちを全員残らず玄関先に集めた。

集まった使用人たちを、シモンは見渡した。彼らはみな緊張した面もちで、困惑の色を浮かべていた。そんな中でたった一人、冷たいほどの無表情で、顔をあげて立っているものがいた。その顔には見覚えがあった。一度葵の部屋付きだったことのあるメイドで、まだ年若く、身分はケルドアの下級貴族だったはずだ。名前はたしか——レティといった。

「水差しをすまなかったな」

シモンは一歩前に出て、そのメイドの前に立つと、そう言った。

レティは素知らぬ顔で「いえ。当然のことをしたまでですわ」と答えた。

刹那《せつな》、使用人たちがどよめいた。振りあげた手で、シモンがレティの頬をしたたかに打ったからだった。

レティはよろめき、柱にぶつかった。ざわめき、困惑する使用人たちに構わず、シモンはもう一歩、彼女に近づいた。

「なぜこんなことをしたか、理由くらいは訊いてやろう」

じっと視線を注ぐ。若いメイドの顔が赤く腫れている。その顔を見ていると、怒りで視界がぐらぐらと揺れるのが分かった。今ここで、自分は人が殺せるのではないかと思った。グーティ・サファイア・オーナメンタルの殺気がどのようにして溢れていたかは分からない。ただその場にいた使用人たちは、みなよろよろと膝をつき、頭を地面に垂れて、震えはじめた。

それでも葵の水差しへ砒素を混ぜた当のレティだけはまだ顔をあげており、シモンを睨《にら》みつけていた。

「……殿下のためですわ」

レティはかすれた声でそう言った。シモンが静かに眼を細めると、殿下のためです、と繰り返した。

「私はかつて、殿下の寝所にあがっていました。二十歳からの二年間を……もっとも美しかった時代を、殿下に捧《ささ》げました。すべては、殿下と、ケルドアのため……愛のために」

衝撃はゆっくりと、シモンの心を揺さぶった。けれど表面にはまるで表れなかった。彼女は震える声で、「ずっと、次の機会を待っておりました」と続けた。その眼に涙が浮かび、気丈そうな顔を転げ落ちていく。

「次の機会があれば、私にも……グーティは産めるはずだと……あんな、ナミアゲハに産めるのだから。けれど……無慈悲にも、殿下は私をお見捨てになられた」

下等な種を娶《めと》り、そればかりか自分をその、下等な大公妃の部屋付きにあてがった。と んでもない屈辱だったと、メイドは訴える。

「そればかりか、こんな僻地《へきち》にまで。このような恥の多い人生ならば、もはや生きる意味もありません。混ぜた薬も、はじめは自分で飲もうかと……持っていたものでした。でも……あの醜いアゲハが、こんなところまでやって来るから……。あのような下劣な出自の者が、大公妃に相応《ふさわ》しいとは思えません。なのに……殿下は変わってしまわれた」

レティは嗚咽《おえつ》まじりに、シモンを非難した。

「今まで……誰に対しても執着なされない殿下だったからこそ……己の不遇も国のためと、割り切れました。それなのに、殿下はご自分の感情と……欲望のためだけに、あの、下等なアゲハのためだけに……私を遠ざけられた。誇り高きケルドアの大公は……そんな方ではなかったはずです」

シモンは顔をしかめ、「お前が言えるのか」と切り捨てる。

「己の感情のために、私の伴侶を殺そうとしたお前が」

その声はわずかに震え、自分でも、感情が高ぶっていくのをシモンは感じていた。怒鳴り散らし、わめきたい気がした。お前を部屋付きからはずしたあと、葵はどうしたと思う、と言ってやりたかった。私に抗議した。ケルドアの人たちと仲良くなりたいのだから、どうか遠くにやらないでほしいと。だから私は解雇まではしなかったのだ。

けれどそれらの言葉を、シモンは飲みこんだ。激しい嫌悪と憎悪が、体の中で暴れている。これ以上ここにいては、気がおかしくなりそうだ。

「……それは殿下も、同じではありませんか」

メイドは嗚咽し、ぶるぶると震えながらも、まだ抗議する。

「殿下は……国民より、あの下等な性モザイクを……お取りになるというのですか」

――あの者を愛されてもおられぬのに。

と、メイドは呻く。

それにシモンは、「なんだと……？」と、訊ねていた。

「愛していない？　お前にそんなことが、なぜ分かるのだ」

「形だけの大公妃ですわ」

みんなそう思っています、とメイドはとうとう泣き崩れた。

「殿下の匂いもさせていない。……腕に抱くこともなさらぬのならば、私でもよかったはずです……」

子どもを一人、産んだだけならば。

泣いているメイドの声の他は、もうなにも聞こえなくなった。シモンは立ち尽くし、しばらくの間、震えそうになる呼気を整えることだけに集中した。

「……追って沙汰を出す。逃げ場はないと思え」

吐き出すように言い、背を向ける。屋敷の階段を下りてしばらく行くと、車の外でリリヤが不安げな顔をして待っていた。空とテオは後部座席でなにやら話をしているが、表情を見るに、葵が死にかけていることは知られていないようだった。

運転席に乗りこむと、リリヤが子どもたちと同じ後部座席へ座る。

「パパ、いそごうよ。あおいがしんぱい」

無邪気な声をあげる空に、ああ、とだけ返事をする。今はそれ以上声を出せなかった。体中からなにか鋭い、とげのようなものが出ている気がする。察しのいいテオだけは、ハッとしたような顔になり、黙りこんだ。

エンジンをかけ、アクセルを踏む。

できるかぎり注意して、ゆっくりと走り出した。そうでなければ、すぐに暴走してしまいそうだ。耳の奥には、先ほどのメイドの声がこだましていた。

――殿下は変わってしまわれた。

瞼の裏に、いつも非難がましい視線を向けてくる執事の姿が浮かんだ。

多くの国民が、そう思っているのではないか。

シモンはもはや公人の役目を果たしていないと。自分の欲求のままに、国民よりも、国よりも、大公妃である葵を優先している……下等な他種の、アゲハチョウをと。

（知ったことか）

と、シモンは思った。伴侶を守るために、必要最低限のことをしているだけだ。それなのに、なぜ愛の名を借りて、無力なものを苦しめようとするのか――。

けれど、同時に思う。

どうしていつもなら入念に準備するきみが、突然別荘になど行ったのだと、フリッツに訊かれた。それはほとんど反射的な行動だった。到着するまで、遠ざけた使用人が別荘にいることも忘れていた。葵を喜ばせたかったし、葵が嬉しそうにするのを早く見たかったのだ。

そして、その行動が葵を危険にさらした。

この身勝手をどう弁明すればいいのか、シモンには分からなかった。感情だけで動いてしまった代償は、あまりにも大きい。

後部座席では空だけがしゃべっている。葵に拾った貝がらを見せてあげるのだと言っている。そうすれば葵も、すぐに元気になるよね、と。

可愛い我が子の声を聞きながら、信号で車を停めたとき、ふとシモンは着ていたジャケットのポケットに手を入れた。

なにかが指に当たって、かさっと音をたてる。無意識に取り出して見ると、それは紙切れだった。葵のガウンから落ちたものをヘリの中で拾った。それを持っていたのだ。

紙切れにはケルドア語で、数行の文章が書かれていた。

『この国に迎えていただいてからの半年、ケルドアの文化について学ばせていただきました。独特で、豊かな文化のうえに、今のみなさまの生活があることを感じ入り、これからもよく学んで、みなさまに追いつき、この国に仕えたいと思っています』

それはたぶん、九月にある、公務での挨拶文だった。あちこちに、何度も文章を練った痕《あと》がある。並んだスペルの上には、びっしりと発音記号が書かれている……。短い文章の中から、葵のケルドア国民への敬意と、認めてもらいたいという気持ちが、透けて見えるようだった。

病院に着いて——眼を覚ました葵に、お前はメイドに殺されかけたのだと真実を告げたとしたら。

葵はなんと言うだろうと、シモンは考えた。葵は怯《おび》えるかもしれない。悲しむかもしれない。怒るかもしれない。……けれど最後には許すだろう。

何百何千もの無理解と理不尽を、これまでも許してきたように。葵は許して、これまでのように笑顔でケルドアで暮らし、シモンのそばにいると言ってくれるだろう。最後には平気だよと微笑む。お前がいるから大丈夫。そう、言うのだろう……。

母、アリエナのことも、葵は一度だって、恨み言を言ったことはなかった。

愛のためだというメイドの声が耳に蘇る。

だが、愛というなら、葵のこれこそが、この小さな紙切れのなかに詰まった懸命な想いのほうが、ずっとたしかな愛なのではないか。

後部座席で、空が「パパ？」と不思議そうな声を出す。

信号は青に変わっていたが、シモンは身じろぎすらできなかった。喉から嗚咽が漏れ、たまらず頬に涙がこぼれ落ちた。

耳元で囁かれたフリッツの声が、どうしてか消えない。

――……俺が間違っていた。シモン、今、きみがアオイを想う気持ちが、愛だ……。

胸を締めつけていくこの気持ちはなんだろう。葵がいくら許しても、自分は葵を傷つけるもののことを、到底許せそうにない。その一方で、きっと許して受《う》け容《い》れるだろう葵のことを、かわいそうに思う。悲しく、哀れに思う。苦しんで眠っているのなら、かわりに痛みを感じてやりたいと思う。それでいて、葵を傷つけたメイドを、すぐにでも殺してやりたいと心底から思っている……。

誰かを守りたいと思うことも、誰かを傷つけたいと思うことも、同一線上にある同じ愛だというのだろうか。

ならばやはり、自分には愛など分からなくていいように感じる。

それでも、危険な地へ葵を連れていってしまったのは、葵を失いたくないという、あるいは、喜ばせたいという、かすかな愛のせいではなかったかと思うと――もう既に、自分は自分の恐れていたものへ、なりかけているような気がしていた。

四

「ヴァイク国内に屋敷を探してくれ。早急に頼む」

シモンからその一言が出た数秒後、フリッツは顔を歪《ゆが》めた。

「……アオイを、また追い出す気か？」

察しのよすぎる友人は眉間に皺《しわ》を寄せていた。その眼にはやめてほしい、という気持ちが溢《あふ》れ、「なんとか……考え直せないのか」と言われた。けれどシモンは頷《うなず》かなかった。心は硬く閉じていて、誰の意見も、考えも、とても耳に入れる気になれなかった。

「アオイは……ケルドアから、出ていかせる」

はっきりと断定した。まるで六年前の春先、葵《あおい》を国から追い出した――あのときと同じような、そんな気持ちで。

「私とソラは、週末のたびにアオイを訪問して、家族の時間を持つ。それしかあるまい」

それが一番いいのだ。それ以外に、道はないのだ。

シモンはそう決めていた。

夏の遊びとして訪れた海辺の別荘から車を飛ばし、首都ケルドールの国立病院に着いたのは日の落ちたあとだった。

葵は病院のベッドの上でぐったりとして、意識を失っていた。母親の憔悴《しょうすい》した姿を見た空《そら》は、やっと事態に理解が追いついたようだ。それまでは割合元気だったにも関わらず、

「パパ、あおい、だいじょうぶ？」

と涙ぐんだ。

そばについていたフリッツが、「薬で寝てるだけだから、眼が覚めたら元気になってるよ」と空を安心させてくれたが、いつも冷静なリリヤさえ、さすがに顔色が悪く、テオはぎゅっと拳を握ったまま、どこか緊張している様子だった。

シモンはそれらすべての状況を眼に入れて、情報として正確に捉えていた。

なにが起きているのか、今自分がどこにいるのか、すべてちゃんと分かっている。

シモンは冷静だった。

一方で、激しい怒りと憎悪に支配されて、感情が麻痺《まひ》していた。思考は殺伐とし、怒りのために衝動的になろうとしている。シモンはそれらをすべて己の内側に抑えこんで、遮断した。今はこの感情に、囚《とら》われている場合ではなかった。

「ソラ、今日はリリヤと帰りなさい。テオも一緒にいてくれる」

迎えの車は、既に執事に頼んである。空は国の宝だ。葵のような危険にさらされることはないはずだとシモンは判断したし、それは間違っていないという確信があった。

涙眼で葵のベッドのそばに跪《ひざまず》いていた空は、

「パパは？」

と、心配そうにシモンを見あげた。

「……アオイが眼を覚ますまで、そばにいる。明日の朝、また来なさい」

安心させるように微笑《ほほえ》むと、「……そうだね、パパが、あおいを守ってくれるなら、へいきだよねっ」と空は健気《けなげ》にも、自分を奮い立たせるように言い、納得してくれた。

元来、聞き分けのいい子である。シモンは空を一度強く抱き締めてから、リリヤに引き渡した。空は名残惜しそうに葵を見ていたが、残りたいとわがままを言うこともなく、リリヤに手をひかれて、病室を出ていった。テオはあとに続かず、そのまま部屋に残っていた。

まだ幼さの残る十三歳の少年。けれど、その眼には年齢以上の大人びた光が宿っている。

「……兄さま。昔、お母さまがアオイにしたようなことを……誰かがした？」

あの、別荘で。――母がかつてしたように、誰かが葵を殺そうとしたのか。

なにも話していなかったが、シモンの態度や、リリヤの表情、起こったことの辻褄を合わせていき、テオはその答えを導きだしたに違いない。赤毛の下の眼が、聞き出すまでこの場を離れまいというように揺れている。その強い瞳をじっと見据え、シモンは「そうだな」と肯定してみせた。

硬い声だった。どこから自分はこの声を出し、喋《しゃべ》っているのだろう。いや、それどころか今どうやってここに立ち、正気を保っているのかも、シモンにはよく分からなかった。

「兄さま、落ち着いてね」

瞬間、訴えるような切ない声で、テオがシモンの腕に手をかけた。小さな拳はぎゅっとシモンのジャケットを握りしめて、震えている。シモンは優しく、弟の手を解いた。

「私は冷静だ。心配するな」

「……短慮を起こさないでほしいの。あのときみたいに」

テオは、空とは違う。六年前、言われるままに国を出た幼い子どもでは、もうないのだ。忠告を拒んだシモンに、そう言って食い下がると、「アオイを、離しちゃダメだよ」と付け加えた。

「一度はいいけど、二度めはない。逃げちゃだめ。なにがあっても、繋《つな》ぎ留《と》めておかないと、人の縁なんて儚《はかな》いものなんだから」

——ああ。ああ、分かっている。分かっているよ、お前の言いたいことは。

シモンはそう答えた気がするが、自分でも、よく分かっていなかった。空が心細いだろうから早く行ってくれと急《せ》かすと、テオは葵の耳元で「アオイ、明日も来るからね」とだけ囁《ささや》いて、病室を去った。

室内にはシモンとフリッツ、それから昏睡《こんすい》している葵が残り、シモンはじっと問うような視線を向けてくるフリッツに、ついにその一言を言い放ったのだった。

「ヴァイクに屋敷を探してくれ。早急に頼む」

葵を、ケルドアから出す。

空を出すわけにはいかないから、週末ごとに葵の住まう屋敷を自分たちが訪ねる。

そうやって普段は離れて暮らし、週に二日だけ、家族の時間を持つ――。

シモンはそう決めていた。葵の水差しに毒が入っていたと分かった瞬間から、もう、決断していた。

公務もなにもかも、葵はする必要はない。こんな国のために、身を粉にし、心をすり減らしてまで生きる義務など、葵にはないのだ。

本気でそう思っていたし、もしそれに異を唱える者がいるとしたら、いつでもこの手で殺せる……とさえ、シモンは思った。

――アオイを苦しめてもいいと考える者など、私の国民ではない。

心の奥で、硬い声がしている。

富も名声も、関係ない。ただ優しい気持ちだけを手がかりに、葵は空を産み、育て、この国までやって来てくれた。

（私を……一人にしないために……）

ケルドアの国民は全員、葵より上位に位置する起源種だ。強いものが、たった一人の弱いものをよってたかって蔑《さげす》むのは、単なるいじめだ。卑劣で愚かな行為だ。それなのに、彼らはそれを当然だと思っている。理由は葵が、ケルドア人ではないうえに、アゲハチョウ出身者だからだ。

（なんというくだらないプライドだ）

出自などにしがみついて葵を苦しめているのが、自分の守るべき国民かと思うと、吐き気がした。どれほど許そうと思っても、葵を傷つけるのならば、許すことはできそうにない。

理性と分断した心の奥で、ひどい激情が渦巻いていた。

これ以上ないほど冷静で、なにもかも分かっている。それなのに、正気ではない。そんな自分を、シモンはどこかで感じながら、どうすることもできなかった。

シモンは葵の病室に泊まりこむために、国立病院の貴賓室にもう一台、ベッドを用意させた。

「隣の部屋も空いてるぞ」

と、フリッツは言ったが、シモンは葵のそばを離れるつもりはなかった。

「私が眠っている間、誰かがアオイを殺しに来ないと言えるのか？」

誰が葵を傷つけるか信用ならないから、セキュリティ用の警備員もいらない、と言い放ったシモンに、フリッツはなにか言いたげに口を開け、けれど結局はなにも言えず口をつぐんだ。苦いものを嚙《か》みつぶしたような表情――。フリッツは葵が砒素《ひそ》を飲まされていたと知ったあとからずっと、一種のショック状態にあるようだった。

その気持ちは、シモンにも痛いほど分かった。フリッツとまったく同じ感情を抱いたとは言えないが、かつて母のアリエナが葵を崖の下に突き落とそうとしている現場を目の当《ま》たりにしたとき、シモンは初めて他人のはっきりとした殺意と悪意に触れて、戦慄した。その相手が、いつの間にか大事になっていた葵だったからこそ、なおさらだった。

だが今回の事件は、シモンにとっては初めてではない。

シモンは城に戻らず、執事にだけ連絡した。

彼はさすがに慌てたのか、何度も面会を求めてきたが、シモンはそれを一蹴し、海辺の別荘地で働く使用人の一時的拘束と、くだんのメイドの逮捕、拘留を促した。既に警察から、メイドの身柄は確保したとの連絡を受けている。メイドは警察が踏みこむ前に、投身自殺をはかろうとして、他の使用人に止められたとも聞いたが、だからなんだというのだろう？

メイドの真意も生死もどうでもいい。驚くほど興味がなかった。私の葵を傷つけたりせず、自分で毒薬を飲んでしまえばよかったただろう。

死にたいのなら、勝手に死ねばよかったのだと……シモンは思った。

ベッドが運びこまれたあとは、看護師すら部屋から追い出し、シモンは扉や窓の周りに、もっとも強い糸を張り巡らせた。一本一本が、鋼鉄よりも硬い糸だ。解けるのはシモンだけだから、これで誰も、シモンの許可なく部屋には入ってこられない。

そうしてからやっとシモンは安心して、葵の横へ腰を下ろすことができた。

国立病院は古い建物だが、貴賓室とあって部屋は広く、調度も揃っていた。ここは昔から、大公家の親族しか入れない。葵の横たわるベッドは、大公宮のそれと遜色《そんしょく》ない上質なものだったし、空調もちょうどいい。

フリッツに聞いたところ、既に葵の胃の洗浄は終わっていた。途中、一度意識が戻ったらしい。激しい胃痛に苦しめられていたので、睡眠剤で眠らせたらしく、葵はまだ昏睡から覚めていなかった。ひどく胃を傷つけたので、葵はしばらく、普通に食事は摂《と》れないだろうということだった。

空たちが帰ったあと、シモンはフリッツに、この九ヶ月の葵の診察記録を見せるようにと言った。

葵はケルドアに戻ってきてから、再び主治医をフリッツとして、二日に一度の診察と、月に一度の簡単な検査を受けていた。フリッツは渋々といった様子で、その記録を出してきた。見ると、葵の体重は入国当初より、だんだんと減っているのが分かった。九ヶ月の間に、合計五キロも体重が落ちている。

（ただでさえ、痩《や》せているのに——）

絶句したシモンに、フリッツは「これくらいは、仕方ないことだろ」と弁解するように言った。

「普通の人間でも、海外で暮らすってなると……最初はストレスで体重くらい変化するさ。アオイはもともと小食だから、減るのは仕方ない。……それに加えて立場が立場だ。きみに見せたら動揺するかと思ってたが、医者からすると、ここからだんだん落ちた体重を戻せれば、くらいの感覚っていうかな……」

これはたいしたことじゃない、普通の反応だ、とフリッツは繰り返した。その言葉の底には、「だからアオイを出ていかせる必要はない」という気持ちが滲《にじ》んでいるようだった。

（アオイ……）

眠っている葵の青ざめた顔を見ていると、シモンの胸には言いようのない、後悔にも似た感情が押し寄せてくる。

（……私は、そんなに頼りなかったか？）

ジャケットのポケットに入れたままにしてあった、小さな紙切れを取り出す。

葵が書いた、公務用の挨拶文だ。どんな想いでこれを書いていたのか。悲しく、苦しかったのではないか。孤独で、心細かったのではないか……。

ケルドアに来て九ヶ月、葵はシモンや周りに、声を荒げたこともないし、淋《さび》しいと言って怒ったこともない。メイドからひどい仕打ちを受けても、なにも言わずに黙っている。シモンが彼らを解雇すれば、そこまでしなくていいと苦言を呈することはあっても、そのために怒鳴ったりなどしない。

衝動的になったのは、シモンが葵を日本へ帰そうと画策していた最初のころ、一度きりだ。そのとき葵は空を抱いて、旧市街へ出ていこうとした。

けれど——結婚式のために服を用意してもらえなかったときも、葵は自力でどうにかしたし、普段は城の中にこもって、勉強ばかりしていた。

夜になれば、寝室でシモンを待っていたが、それさえシモンの負担にならないよう、本を読んでいたからたまたま待っていた、というような顔をしてみせていた。

口づけも、セックスだって、ねだられたことはない。

好きだとは何度も言われたし、それが恋愛感情だと、シモンも頭では分かっていた。ナミアゲハのメスは、そもそも生涯ただ一頭のオスとしか交わらないらしい。そのせいか、ナミアゲハを起源種とした女性も、最初に抱かれた相手を夫とするような、そんな性質があるのだそうだ。葵は純粋には女性ではないが、シモンに抱かれ、子どもを産んだのだから、シモンを一途《いちず》に愛してくれるのは一種の習性のようなものだ……と、フリッツも笑っていた。

——アオイほど浮気から遠いタイプはないな。お前応えてやらないと、男が廃《すた》るぞ。

フリッツは葵がケルドアへ戻ってきた当初から、再三そう言っていた。聞き流していたが、つまるところ、葵にいつまで経《た》ってもシモンのフェロモン香がつかないので、痺《しび》れを切らしていたのだろう。

——……あの者を愛されてもおられぬのに。

葵を殺しかけたメイドの声が、脳裏に蘇《よみがえ》る。

……腕に抱くこともなさらぬのならば、私でもよかったはず。

違う、とシモンは思う。抱かないのは、愛していないからではなかった。愛していないからではなく、むしろ——。

（違う。それも違う。私は、私は愛など……知らぬ。知らなくていい。知らなくていいのだ）

どうせ愛など、あったところで相手を傷つけるのだから。

頭を振って思考を払い、シモンは腰を下ろしたまま、眠る葵を見つめた。

青ざめた頬《ほお》には、長い睫毛《まつげ》の影が落ちている。ふっくらとしていた頬は、いつの間にか肉が落ちて、やつれている。

……もっと愛らしかったはず。

もっと、もう少し、幸せそうに笑うことができる、そんな青年だったはず。

記憶の中に無邪気に笑う葵の姿を探したが、見つからなかった。空やテオ、フリッツたちといるときの葵は、自然体の砕けた笑みを見せることがある。けれどシモンに向き合うときの葵は、いつもどこか遠慮がちに、シモンを安心させるように微笑んでいる。

思い出すとたまらなく胸が痛み、こうなるまで気づけなかった自分を呪った。

痛々しい葵の姿に、胸が押しつぶされそうだ。

こんなにも葵のために苦しんでいながら、それでもまだこれは愛ではないという自信も、愛など知らないと言い切る自信も、シモンにはもう、ないような気がしていた。


その晩、葵の隣に用意させたベッドで眠ったシモンは、夢を見た。

夢で、シモンは七歳に戻っていた。冷え冷えとした城の中、あたりは真っ暗で、廊下に点々と淡い灯《あか》りが点《つ》いている。

七歳のシモンは、右腕に包帯を巻いていて、奥の間から聞こえてくる声に怯えながら、ゆっくりと声のするほうへ歩いているところだった。

誰かが金切り声で叫んでいる。その正体を、シモンはもうとっくに知っていた。

やがて視界の先に、灯りの漏れる部屋が見えた。だんだんと大きくなる声に怯《おび》えながらも、シモンはそっと、部屋の中を盗み見た。

床に、花瓶が落ちて割れ、水たまりができている。いくつもの人形が転がっている。それらはすべて同じような布人形で、青い眼に、銀色の毛糸の髪をしている。母は人形をシモンと名付けて持ち歩き、時折、本物のシモンと人形の区別がついていないかのように振る舞うことがあった。

十三体あるその人形は、今はすべて床に散乱して、どれも右手がもがれ、中の綿が飛び出ていた。母は窓際で、美しい髪をざんばらに振り乱し、メイドの一人の首を絞めあげて、怒鳴っているところだ。白いレースのネグリジェと、金色の滝のような髪に、花びらがいくつもからんでいる。

『お前がちゃんと見ていないから、私のシモンが怪我《けが》をしたのよ……！』

母はそう叫んでいる。

『さあ右手をお出し、もいでやるわ。私のシモンと同じように、お前も傷つきなさい！』

少し前からシモンの部屋付きになっていたそのメイドは青ざめ、お許しください、どうか、どうか、と何度も繰り返している。母よりいくつも年上なのに、彼女はすっかり怯えきって、眼にいっぱい涙をためている――。

……母さま、やめて。

幼いシモンはそう叫んで、震えながら部屋に入った。僕なら大丈夫。右手は折れてない。ちょっとした打ち身だよ。その人を離してあげて……。

父はどこにいるのだろう？

こんなときにこそ、母を止めてほしいのに。けれど父の影はなく、メイドの首を放した母は振りむいて、『まあ、まあ、まあシモン』と悲しそうな声をあげて、近づいてくる。長い髪の隙間から、すきとおった緑の瞳が見える。それは狂気に見開かれ、やがて怯えるシモンの顔をくっきりと映し出した。

『私はお前のためを想って……お前を愛しているから……メイドをこらしめているのに。お前にはそれが分からないの？　……なんて悪い子。悪い子ね、シモン』

母は怒りを滲ませた声でそう言うと、シモンの頬を両手でぎゅっとはさんだ。頭上に母の髪が垂れ、毛先についていた花びらが、ひらひらと頬にふってきた。それは血潮のように赤い花びらだった――。

『お前だって、私と同じことを、してるじゃないの』

母の声が、重たく頭の中に響く。

その瞬間、シモンはハッと眼を覚ましていた。

起き上がると、そこは国立病院の貴賓室だった。シモンは汗だくで、髪までじっとりと湿っている。厚い胸筋の下で、心臓がどくどくと強く脈打っていた。ゆっくりとベッドを下り、隣のベッドで眠っている葵の顔を覗《のぞ》きこんだ。

青白い月の光が窓辺から差しこみ、葵のただでさえ白い顔をさらに白くさせていた。なにか夢を見ているのか、うっすらと眉根を寄せて、小さく息を漏らしている。薄い瞼《まぶた》がぴくぴくと動き、幼げな顔が苦悶《くもん》の色を滲ませているのを見ると、シモンは不安になった。ベッドの横に座り、葵の頭を優しく撫《な》でる。眉間の皺を伸ばすようにそっと触れると、やがて、葵は安心したようにすうっと深い眠りに落ちた。それを見てシモンは安堵する。

そのとき、頭の奥に、ついさっき夢で見た母の声が鳴り響いた。

——お前だって、私と同じことを、してるじゃないの。

指先からも、頭の天辺《てっぺん》からも、血の気がひいていくのを感じた。冷たい汗が、額ににじむ。

メイドの首を絞めあげて、今にも殺そうとしていた母、アリエナの姿が脳裏に蘇ると、吐き気さえ感じて、シモンは口元を押さえた。目眩《めまい》がして、よろよろと自分のベッドへ戻る。

不意に、昨日の昼間、メイドの頬を打った感触が手に戻ってくる。

赤く頬を腫らし、メイドが訴えた言葉が、頭の中をぐるぐると回った。

彼女はシモンの寝台にあがっていた。二年間……自分は彼女と子作りをしたらしい。まったく覚えていないが、メイドの中には、そういう女性が何人もいた。

ケルドアの国民は八割が老齢者だ。若い女性で、しかもそれなりの家柄となるとかなり人数が絞られる。必然的に、城にあがるメイドと、シモンの寝所に入る女性は重なってしまうのだ。

人選はいつもアリエナがしていたから、シモンはどういう基準で選ばれていたのか知らないし、興味もなかった。

けれど一度は抱いたであろう相手を、シモンは心底から憎み、そして殺したいと思った。彼女が自分の国民であり——守るべき一人であることなど、頭から吹き飛んでいた。

そんな自分は、シモンのためと言って、メイドの首を絞めていた母と、なにが違うというのだろう？

（……醜い）

化け物のようだと思う。

まるで、母、アリエナそっくりだと。

国民のことを考えるほど、心が硬く、閉じていく気がした。彼らは全員、シモンから葵を奪い、葵を傷つけようとしているかもしれない——。そう思うと、一人一人絞め殺すことだってできる気がする。

（醜い。……私は、まるで、母だ）

正気をなくし、自分のわがままで他人を傷つけようとしている。愛という名の下に、己の欲望のままに——愚かな行為に走ろうとしているのだ。

体が大きくわななき、シモンは唇を噛んだ。

——私は大公だ。一国を担う者だ。あれほど憎んだ母と同じように……国民を傷つけることなど……あってはならない。

だがそう思う気持ちと、葵を傷つける者ならば、殺してしまいたいという激しい怒りが、危ういバランスのなかで共存している。

ほんのちょっとさじ加減を間違えれば、自分は母のようになるのではないか？

あまりにも簡単に、あっさりと、母のように——なるのでは？

（これが愛か……？）

額にじっとりとにじんだ汗が、こめかみを伝っていった。

こんなものが、愛なのか。

絶望が、全身に押し寄せてくる気がした。

夜はまだ深く、明けるには大分時間があったが、シモンはもう、眠る気にさえなれなかった。

それからしばらく、シモンは自分でも自分がなにを考えているのか分からないままだった。

翌朝、葵が眼を覚ますまでには、シモンは万事整えていて、仕事は葵のそばでできるようにしておいた。執事を始め、自分の許しのない者は、絶対に病室に近づかないよう強く命じており、部屋に入ってこられるのは、空とテオとリリヤ、そしてフリッツだけとした。別荘地の使用人とメイドは、警察に任せてある。報告は随時受けており、手を抜いたなら容赦はしないと、シモンはきつく伝えていた。

議員たちも心配し、再三見舞いの申し入れをしてきたが、シモンはすべてはねつけた。

眼を覚ました葵には、なぜ倒れたかは、そのうち説明すると言って納得させた。リリヤには口止めし、フリッツにも言わないようにと釘《くぎ》を刺した。なにもかも決まってから、葵にはすべて話すつもりだったのだ。

「シモン……ここで仕事しなくてもいいよ。俺も、もう体調いいし、城に戻れそうだよ？」

三日が経つころには、葵も回復して、そう言ってきた。けれどシモンは葵を城に入れる気などなかった。海辺の別荘ほどではなくとも、城にだって、葵を殺そうとしたメイドと同じような境遇の者が、何人もいる。

連れて帰れるはずがないと、シモンは決めつけていた。

毎日見舞いに訪れる空とテオは、葵が城にいないのが淋しいと訴えていた。リリヤは状況の深刻さを分かっているからか、いつもより言葉数が少なく、時折、ちらちらとシモンを見ては不安そうにしていた。

「ヴァイクに屋敷を手配する予定だ。アオイについていってもらえるか」

二人きりで廊下に出た際そう言うと、リリヤは青ざめて「殿下……」と首を横に振った。

「本当に、そうなさいますの？　……アオイ様と、ソラ様を引き離すと？」

「他に道がない」

断言するシモンに、リリヤは言葉を失ったのか、悲しそうな顔で引き下がった。命令であれば、どこへでも参りますが……と、彼女は小さな声で付け加えたけれど、納得したようには見えなかった。

所詮は外国人なのだと、シモンは思った。

隣国同士、似たところはあっても、ヴァイクのように開けた国には、ケルドアの閉じた国状は分かってもらえないだろう。

一体、ケルドアの大公宮の中に、葵が殺されかけたと知って心配している者が、どれだけいることだろう？

シモンは戒めのため、城の使用人たちへはメイドの素性も事件のあらましもなにもかも、すべてを明かしていた。警察が入った以上、一般人に知られるのも時間の問題だろう。執事はそれを国の恥と考えて、シモンに隠蔽《いんぺい》させたい腹もあるに違いない。だからこそ、再三葵の見舞いを申し入れてくるのだ。けれどシモンはそれには一切取り合わなかった。

国の体裁など、今のシモンにとっては優先度の低い問題だった。腐りきったこの国の根っこを、世界に知らせてしまえばいいのだという、投げやりな気持ちさえあった。メディアに訊《き》かれれば、真実を洗いざらい喋っても構わない――。

もちろんそれは、大公としてはふさわしくない行動だと、十分理解している。

国内はどうであれ、大公妃殺害未遂の事件が公になれば、海外からは批判が殺到するだろう。人権のない、差別的な、遅れた国だと評価され、株価も為替も下がり、イメージは下落し、経済的損失は計り知れない。

分かっている。シモンだって、本音ではそこまでしたくはない。まだギリギリのところで、大公としての自分の理性が、国民への不信感や怒りよりも勝っているのだ――だからこそ、一刻も早く、葵を国外に出さねばならなかった。

(アオイがいては、正常な判断ができない)

葵を遠いところへやってしまわねば。安全で、安心で、遠い場所。シモンの眼の届かない、シモンの意識から、普段は遠ざけていられるような――そんな場所へ。

葵を、できる限り忘れていられる、そんな場所へ……。

入院して四日め、葵はベッドから出られるようになり、五日めには回復食ではなく、通常食が出されるようになった。

シモンは葵の食事にもしや毒の混ぜものがないかと気になり、食べる様子をじっと見ていたが、葵はすぐにスプーンを置いてしまった。

「どうした。もう食べないのか？」

パンを一つと、肉とサラダをわずかに食べただけの葵にシモンが訊くと、葵は「なんか……胸がいっぱいで」とよく分からないことを言った。

「……シモンこそ、ど、どうしちゃったの？　俺のことばっかり気にして……」

居心地悪そうな葵の顔は無邪気で、毒を盛られたなどとは考えてもいないだろうと知れた。シモンはなにも言わず、立ち上がって部屋の外へ出ると、階下で診療をしているフリッツを無理矢理呼び出した。

「太らせる食事はないのか。小鳥ほども食べない」

まだ外来があるんだよ、と文句を言いながらやって来たフリッツに告げると、彼は明らかにムッと眉をしかめた。

「朝から晩までお前に見張られてちゃ、そりゃ食べる気も失《う》せるだろうよ」

フリッツはため息まじりに、「アオイが気にしてたぞ」と付け加えた。

「シモンの様子がおかしいって。……この五日、自分がどんな顔をしてるか、ちゃんと分かってるか？」

シモンは黙りこみ、なにも答えなかった。自分の中に残っている、わずかに冷静な部分はすべて、仕事に注いでいる。仕事上の判断は誤っていないはずだが、それ以外となるとまったくあやふやだった。

感情は相変わらず麻痺していて、二十四時間葵と一緒にいて、葵が話しかけてきても、会話の一つすら覚えていなかった。深い混沌《こんとん》と蒙昧《もうまい》が、シモンの眼の前に広がっているような感覚だ。なにが正しいのか分からない。判断ができない。それを知るためには抑えこんだ情動を解放せねばならないが、そんなことは到底できるわけがない。

シモンはずっと、上の空で葵と接していた。

「食事やなんかはじっと見張るのに、それ以外じゃ眼も合わせてくれないって。アオイはお前に嫌われたんじゃないかって、心配してる」

「……嫌う？」

「折角《せっかく》連れていってもらった海で倒れて、迷惑をかけたからだと。俺がいくら違うと言っても、お前の態度がそうぎこちないんじゃ、説得力がない。そこに来て追い出すなんて言ったら……」

葵がどれだけ傷つくか、とフリッツが苦々しげに呟《つぶや》いた。

「俺は、アオイが納得しない限り、屋敷の手配を保留にするからな」

一時期のショック状態からずいぶん落ち着いたのだろう、フリッツは急にそんなことを言った。シモンは「どういう意味だ」と訊く。

「七年前みたいに、いきなり、有無《うむ》も言わさず国外に追いやるなんてことは、絶対に許せない。アオイと話し合え。アオイがお前の言い分を受け入れて、自分からケルドアを出てヴァイクに住むと言うのなら、俺も協力する」

「屋敷を探してくれと言ったはずだ。探していないのか？」

咎《とが》めると、フリッツは「探したさ」と忌々《いまいま》しげに吐き出した。

「ヴァイクとケルドアの国境から車で四十分、ヴァイクの首都からも近い。うちの私有地内だからセキュリティも万全。五年前に補修してきれいだ。明るくて日当たりもいい……アオイは気に入るはず。だけどな――だけど、あんなこと、俺はもう嫌だからな！」

淡々と話していたフリッツが突然顔をあげ、嚙みつくような声をあげた。

「六年前、お前に頼まれて、まだ十八歳だったあの子を日本に運んだ。あのときのアオイを、お前は見てないから追い出そうなんて言えるんだよ。お前に拒まれて、身も心もズタズタになって、毎日泣き暮らしてたアオイを俺は知ってる。そのあとどんな気持ちで、あの子がソラを育ててきたか……どれだけ苦労したか、お前、本当に分かってるか？」

「……」

シモンは黙っていた。答える言葉などない。そんなことは問題ですらない。しかしフリッツは、沈黙するシモンに苛立っていた。

「そのうえ、決死の想いでケルドアに戻ってきてくれたアオイを……また追放するなんて。どれだけ美辞麗句を並べても、これは拒絶だ。そうだろう……!?」

「ならばお前はアオイに、死ぬまで誰にも会わず、牢獄《ろうごく》のような部屋で暮らせと言うのか！」

怒鳴られて、シモンも思わず、怒鳴り返していた。腹の中にカッと熱いものが宿り、荒げる声を抑えられなかった。フリッツは一瞬眼を瞠った。だがすぐに苦い顔になり、舌打ちする。

「……そんな……そんなこと、あるはずないだろう。牢獄のような部屋？　……そりゃ、数年は心配でも、死ぬまでなんてこと、ないはずだ」

「分かるものか」

誰が保証できるのだと、シモンは思う。葵の手に握られたグラスの中に毒が入っていないと。崖の近くを歩く葵を、誰も突き落とさないと……誰が、約束してくれるのだ。

「だからって……アオイがかわいそうだ。ソラも……まだたった五歳だぞ」

五歳で、母親と引き離すのか。

呻《うめ》くように言うフリッツの声が、震えている。顔をうつむけて、肩を震わせている友人は、もしかしたら泣いているのかもしれなかった。

「……アオイを納得させればいいのだろう。退院は明後日だったな。それまでには、アオイに話す。屋敷の準備はしておいてくれ」

義務的に言っても、フリッツはなにも応えなかったが、彼が言うとおりにしてくれることをシモンは知っていた。

（フリッツがいて、まだ、よかった）

そう思う。リリヤとテオもいる。ヴァイクに行けば、葵の味方はもっと増えるはず。

（私の国民の、誰一人……信用できないとは……）

誰一人、葵を任せても平気だろうと安心できる者がいない。そのことに、シモンは絶望しそうになった。これからどうやって、国民を許せばいいのだろう？

ふっと、そんな気持ちがよぎる。

（私は大公だ……許すも許さぬも、ない――）

必死にそう言い聞かせ、なにも考えないようにして部屋に戻ると、葵が窓辺に座って、静かに外の景色を見ていた。

この貴賓室は病院の最上階である四階にあり、窓からはすぐ下に広がる森が見える。こちらの部屋は外から覗《のぞ》けないようにしてあるのだ。

扉を閉めた音に気づいて、葵がシモンを振りむいた。黒い髪が、風に揺られてなびいている。少し痩せたせいで、ただでさえ大きな眼がもっと際だって見えた。

「夏なのに、風が涼しいね。日本だともっとじめっとしてるよ」

葵は笑いながらそんなことを言っている。呑気《のんき》だなとシモンは思ったが、あえて呑気にしているのかもしれなかった。

今日は午後から空とテオ、それにリリヤが来る予定だが、それまでにはまだ三十分ほど時間があった。

「……俺のせいで、海から急に帰ることになったみたいだよね。ごめんな」

……とっても楽しかったのに。

と、囁きまじりに葵が謝り、シモンは「いや」と小さく答えた。なんとなく仕事用の椅子に座り直す気にもならず、葵から少し距離をとって立つ。

「来年行ったら、もっと大きなエビをとろうって、ソラが」

微笑んで、葵はそう続けた。

――パパはとっても上手《うま》いから、今度はみんなで食べられる大きさのをとろうって……。

シモンは口を閉ざしたまま、葵のそんな他愛《たあい》ない未来の話に、なにも返さなかった。すると葵の笑顔が、ゆっくりとしぼんでいった。

「……もう、海には行けないの？」

そっと訊いてくる声は落ち着いていて、優しく、シモンには葵がどこまで事情を察しているのかはかりかねた。

この五日間、シモンは葵にべったりと張りついている。それでいて、ほとんど会話もしないのだ。異様な雰囲気だけは感じ取っているだろう。

葵を前にすると、わめいて、叫んで、暴れたいような衝動が生まれそうになる。

本当のところそれがどういう衝動かは、分かっていない。知ることが恐ろしく、シモンはすべての情動を抑圧し、麻痺させ、鈍らせるようにしていた。そうでなくとも、葵が殺されかけたのだと思うたび――世界中のすべてを呪い殺したいほどの激しい怒りに駆られそうになる。

「海には……もう、行けない。海だけではない。……退院後、お前はケルドアを出て隣国の、ヴァイクの屋敷に住まえ」

――フリッツが用意してくれている。

シモンはそう、切りだした。

明日でもよかったかもしれないのに、なぜ今、言ってしまったのかとは思ったが、葵が聞きたそうにしていたからというしかなかった。これ以上、話す時期を延ばすことはできそうにない。

橙《だいだい》と瑠璃色のオッドアイを大きく見開き、葵はしばらく固まっていた。

窓から風が吹きこみ、葵の髪と一緒に、シモンの髪もなびかせた。

「……どういうこと？」

長い沈黙のあとで、葵が訊いてきたその声は、わずかにかすれ、震えていた。

「お前が倒れたのは、水差しに毒を盛ったメイドがいたからだ。……彼女は以前、子どもを作るため、私の寝所にあがっていた」

葵が息を止めるのが、シモンには分かった。

大きな瞳に、傷ついたような色が浮かぶのも見えた。

きっと、葵にひどいことを言ったのだ。分かっていたが、もっと言わねば、納得してもらえないと思った。

「城の中にはそんな女たちが大勢いる。お前を抜かしても、私は三十人と番《つが》っている」

三十人を抱いたのだ。

その中の多くが、葵の周りで働いている。嫉妬と怒りを感じながら。

「……」

なにか言おうとして、葵は口を開けたが、結局なにも言えずに黙りこんだ。シモンはしばらく待ってから、続けた。

「同じことが、また起きないとは限らない。この国は危険だ。ソラはこちらで育て、週末ごとに、私と一緒にお前を訪ねると約束する。休日は三人で過ごす。ヴァイクにはリリヤに同行してもらう。お前には、不自由はさせない――」

葵の顔は血の気を失って白くなり、その瞳は潤んで揺らめいていた。葵は首を横に振った。

二度、三度、四度と振った。回数を重ねるたび、その仕草は乱雑になる。

やがてその小さな唇から、「いや……」と、声が漏れた。

「いやだ。……俺は、行かない」

大きな瞳に涙の膜が張る。葵、とシモンが諭すような声を出した瞬間、その両眼から、大粒の涙がぼろっとこぼれ落ちた。

「……いや。行かない。俺は、シモンとソラのそばに……この国にいる。ケルドアに。お前のすぐそばに、絶対に」

「アオイ、聞き分けろ。どう考えても、この国にいることはできない――」

「……っ、いやだって！　言ってるだろ！」

葵は叫び声をあげて、シモンの言葉を遮った。ハッとしたその刹那《せつな》、葵は立ち上がり、窓に手をついて、桟《さん》に腰掛けるようにして体を半分、外へと乗り出していた。シモンはぎくりとして、眼を見開いた。

「なにをしている！」

ここは四階だ。落ちれば、最悪死ぬこともある。瞼の裏に、かつてアリエナが葵を崖の下に突き落とそうとしたときの光景がよぎり、シモンは足が震えるのを感じた。一歩近づいたとたんに、葵が「来ないで！」と怒鳴った。

「シモン……俺をケルドアから追い出すなら、俺はここから落ちるから」

とんでもない脅しだ――。

シモンは眼の前が真っ暗になる気がした。葵がなにを言っているのか、なにをしたいのか、まったく分からない。ぞっとして鳥肌がたち、動悸《どうき》が激しくなる。

「なにを……なにを言っている⁉」

腹の底からふつふつと怒りがこみあげてきて、大きな声が出た。

――お前の命を守るために、お前を遠ざけようとしている。それなのに、なぜ、自ら死のうとするのか。

これではシモンの苦渋の決断に、なんの意味もなくなる。

理不尽だ。理不尽すぎて、シモンは怒りで視界が揺れるようにさえ感じた。

「子どものようなことを言うな！　分からないのか、殺されかけたんだぞ！　それも、二度めだ！」

どこからこんな声が――と、自分でも驚くほど、悲痛な叫び声が出ていた。体が大きく震える。蓋をして、麻痺をさせて、見ないようにしていた感情のすべてが、今、もう抑えきれずに溢れようとしている。

頭が痛い。理性が負けそうだ。

いけない、やめろ、そう思う一方で、葵が言うことをきかないから悪い、とも思った。

「ひどいよシモン……」

泣きながら、葵が訴える。

弱々しい葵の声に、腹の底が焼けつくような怒りが、どうしようもなく溢れ出た。

「じゃあ、なにか！　お前は私に、お前を監禁しろと言うのか！」

突然だった。

シモンは怒鳴り散らし、地団駄を踏んでいた。葵がハッとしたように口をつぐみ、シモンを見つめる。

「誰にも会うな！　私とソラだけだ、それ以外とは口もきくな！　食事は必ず私と同じものを、私が食べて安全なものだけを食べろ。水もそうだ、調べて異常がないもの以外、なにも口に入れるな！　外になど出るな、小さな部屋の中で過ごせ、家庭教師？　全員解雇だ！　お前には誰も近づけさせない！　虫一匹近寄らせない！　私にしか触るな、触られるな、どこにも出さないし誰にも見せない、一生私の巣の中に閉じこめて、死ぬまで私とだけ生きろ……っ！」

言い切ると、全身汗びっしょりになり、シモンは震えていた。

「……そう、言えと？　そうしろと？　……もし、もしもう一度、お前が死にかけたら……私は、きっとそうしてしまう。そうでなければ……私は、おかしくなる。なにをしていても、ずっとお前の安否を気にして、気が変になる……お前をちょっとでも傷つける者がいたら、私は谷底に突き落とそうとさえ考えるだろう……だが、そうするわけにはいかない。私は……私は……」

――母のように、なりたくない。

喘ぐような声が漏れる。

気がつくと、シモンは、その場に膝をついていた。体に力が入らず、足はがくがくと震えている。荒波のように心を揺さぶる、激しい感情が去っていったあと、今度は自分が口にしたことの恐ろしさに、愕然《がくぜん》とさせられた。

「……私は、シモン・ケルドア……この国の最後の大公だ。国民は私に多くを求めている……個人の感情で、誰かを憎むなど……」

あの醜悪な母のように、なるわけにはいかない。だが、このままではなってしまう。

「……それでも、お前が傷つけられたら――私は、そうなる」

そうなる。母のように。メイドの首を絞めつけて断罪し、気に入らぬものを崖に突き落とす。愛のためだと偽って、葵を閉じこめ、すべて操作しようとするだろう……。あの醜く、愚かな姿。化け物じみた妄執の権化《ごんげ》となってしまう……それほどの激しい執着と、独占欲。失っては生きていけないという切羽詰まった感情が、シモンの中ではどろどろと、蛇のようにとぐろを巻いている……。

「シモン……」

囁くような声が葵の口からこぼれたのは、シモンがうなだれ、土下座するように床に頭をつけたときだった。夏なのに、全身が寒く、凍えそうだった。己の感情が恐ろしくて、シモンは震えていた。私は母そっくりだ。私の愛は、母そのものだという恐怖。

小さな部屋の中へ葵を閉じこめ、誰にも会わせず、死ぬまで飼い殺したい。

そんな暴力的な気持ちを、もう、見て見ぬふりはできなかった。

葵はそんなシモンをどう思っているのだろう。呆《あき》れ、怯え、軽蔑しているかもしれない。

そう思うと、怖くて、顔をあげることができなかった。

「……シモン。それでシモンが安心なら、俺はそれでも、いいよ」

けれどそのとき聞こえた声は、優しく、包みこむようなものだった。

幼い子どもに言い聞かせ、安心させるような、どこまでも柔らかな声。

さっきまで離れていたはずの葵は、いつの間にかシモンの横に座りこんでいた。細い指がシモンの頭に触れ、背中をそっと、慰めるようにさすってくれる。

おずおずと顔をあげると、葵がじっとシモンを見下ろしていた。切なそうな二つの眼には、涙が残っているけれど、軽蔑や侮蔑、怯えのような感情はなかった。

かわりに、「でもね」と、そう言葉をついだ葵の瞳には、強い意志の光が、一瞬、きらめくように宿った。

「でも、シモン。シモンはね、アリエナ様とは、全然違う。全然、全然違う。全然、似てないよ」

　はっきりと言われた言葉に、シモンは息を止めていた。

　……全然違う。

なぜ、と眼だけで問いかける。気休めならばいらなかった。自分の中にある、醜い感情は誰よりもシモンが知っている。それなのに、鼻の奥がどうしてか、ツンと痺れるように痛む。顎が震え、熱いものが喉の奥へこみあげてくる。

　葵は床についたままのシモンの手に手を重ねた。小さいけれど、温かな手だった。

「……アリエナ様は、いつだって自分のために苦しんでた。でも……お前は違う。……お前は俺が傷つくことに、苦しんでる。国民を愛せなくなることに、苦しんでる」

　そうだろ、と葵が諭すように続ける。

「お前は、いつも誰かのために、苦しんでる」

　自分のためじゃない。

　――だから、お前は俺を、閉じこめたりしない。

　葵はそう言い切った。固まっているシモンの両頰を、葵の両手がそっと挟んだ。それは優しい、愛撫《あいぶ》のような手つきだった。

　葵の瞳が、じっとシモンを見つめている。シモンの心の奥底へ呼びかけるように、葵は言葉をつむいだ。

「お前のままでいい。変わらないままで……お前は俺を、ソラを、テオを……国民だって、幸せにできるよ」

　そういうお前だよ、と、葵は言う。

「お前は大公だけど……その前に、たった一人の、いい子。お前はちゃんと……いい子だよ、シモン」

　唇が震え、涙が一筋、こらえきれずに頬を流れる。

　いい子。葵のその言葉が、夢で見た母の、「悪い子ね」という声を上塗りして、消し去っていくようだった。

　二人で方法を考えよう、と、葵は言った。

「伴侶なんだから。……お前の荷物は重たすぎて、俺はちょっとしか背負えない。せめて、これくらい、背負わせてよ。どうかお前のそばにいさせて」

　強くなるから、と葵が繰り返している。そして、頭を抱かれ、あやすように、額にキスを落とされた。

　拒絶、嫌悪、恐怖、不安。どうしても葵をそばには置いておけないという頑《かたく》なな気持ちが、なくなったわけではなかった。けれど、それ以上に強く感じたのは、安堵《あんど》と甘えと、胸を締めつけていく切なさだ――。

　私はきちんと、できるのだろうか。母のようには……ならずに？

「俺は死なない。死なないよ、シモン。お前のそばに、ちゃんといる……」

——その約束を守ってもらえなかったら、自分は気が狂うのではないか。

シモンはそう思った。

葵は私に与えられた、たった一つの——この世の、よすが。寄る辺……すがりつける、ただ一つの優しい存在……なのだから。

感情に心が飲みこまれ、激しく揺さぶられていく。

衝動は突然、シモンの体を支配した。息が苦しく、眼の前がよく見えない。シモンは葵の体を、いつの間にかその場へ押し倒していた。

ほとんど本能のまま、動物のようにその唇を奪った。葵は驚いたのか、大きな瞳を丸く見開いている。

記憶よりも小さく、柔らかな唇。乱暴にしては壊れるのではないかと思ったが、それに構わず、シモンは葵の唇を舌でこじ開けて、中の歯列を舐《な》め、小さな舌を捕まえてねぶり、口の中を犯すように舌で蹂躙《じゅうりん》した。

「……う、んっ、ふ、あ……、あ」

鼻にかかった甘い声と、組み敷いた細い体が震えるように揺れるので、シモンは葵が気持ちいいのだと分かって安心した。

もっと、もっとよくしてやりたい。もっと、気持ち良さそうにしている声を聞きたい。

そう思うのと同時に、眼の前が見えなくなるほどの激しい欲に理性が飛び、気がつけば葵の着ていた寝間着を暴き、全裸にして抱きあげると、ベッドに倒れこんでいた。

「あ……シ、シモン、待って……」

うなじを啜《すす》り、乳首をきゅうっとつまむと、葵はさすがに慌てた声を出した。

「ソラと……テオが……」

来ちゃう、と言う声は、乳首を強く吸いあげたとたんに、

「あっ、あ……っ」

と、甘ったるい声へと変わってしまった。シモンは乳首を舐めながら、「フリッツが気を利《き》かせる」と、勝手なことを言った。

しかしそれは、嘘ではなかった。来室の際には、空やテオやリリヤでさえも、一度下の階で待ってもらい、フリッツが葵の部屋へ確認にきて、それからあがってくる手はずとなっている。そうしなければ、誰が一緒に入ってくるか分からず、今の状況では危険だったからだ。だがフリッツなら、部屋の手前まで来れば、中でシモンが葵に、なにをしているのか分かるだろう――。

シモンはそう思い、めいっぱいに己の誘引フェロモンを引き出した。

甘くスパイシーな香りが噎《む》せるほどに部屋に溢れる。それはもう、一種の暴力だった。

王者の香りは、いとも簡単に下位種を屈服させる。触れてもいないのに葵は、香りだけ

でびくびくと体を揺らし、「あ、あぁ……」と悩ましげな声を出した。

シモンのフェロモンにあてられて、葵はぐったりと力が抜けてしまったようだ。逸《はや》る気持ちを押さえきれず、シモンはその白い足を割り開いた。

小さめの男性器は健気に膨らみ、先端から蜜を零《こぼ》している。会陰部には、女性器がついていて、これもまた濡《ぬ》れており、時折ひくひくと蠢《うごめ》いていた。さらに下の尻穴は、上から零れてきた蜜を吸いこみ、きゅうきゅうと収縮している。桃色に染まったいやらしげな三つの性器に、ちょっと弄《いじ》られただけでぴんと勃った乳首、頬をまっ赤にして震えている葵はひどく艶《なま》めかしく、シモンの性器は擦るまでもなく、もはや限界というほどに張り詰めていた。こんなにも誰かに欲情したことなど、今まで一度もなかった。

「アオイ……悪いが……すぐ、繋がりたい」

あとでよくする、とシモンは囁いた。濡れた眼で葵がシモンを見る。その視線には明らかな戸惑いがあったけれど、答えている余裕はなかった。

入れたい、入れて出したくてたまらないのだ。

眼の前の可愛《かわい》い孔《あな》のどちらに入れようか迷った。とりあえず、何度か繋がったことのある女陰のほうが入れやすそうだと判断して、シモンは己の太い楔《くさび》を取り出し、葵のそこへ押しあてた。

「あ……っ、シ、シモ……ま、待って」

待てない。

シモンは葵の中へ、半ば無理矢理性器を入れた——ぎゅうっと抵抗があったのは最初だけで、シモンのフェロモンで濡らされたその場所は、ぬるりと性器を飲みこんでいく。葵の体は葵そのもののように素直だった。

根元まで入れた瞬間、締めつけられ、シモンは下半身に熱い衝撃を感じた。高まりは一気に訪れ、まだ腰を揺らす前に、シモンは葵の中へ射精していた。

「あっ、あ……っ、あ、あ、あ……っ、あー……」

葵は体を強張《こわば》らせたけれど、濃い精を奥へ注ぐほどに蕩《とろ》けた声になっていく。シモンの精液には大量の媚毒《びどく》が含まれている。蜘蛛《くも》種の持つ、媚薬《びやく》のようなものだ。

何年も、誰ともセックスなどしなかった。自慰すらしていない。溜《た》まるという感覚すらなく、溜めたままだった精は相当に濃いに違いない。甘い香りはより強くなり、葵は前を膨らませたまま、軽く背を撓《しな》らせてびくんびくんと揺れている。

軽く達したのだ。涙を浮かべ、口を開けて喘いでいる、その淫靡《いんび》な表情に、シモンはさらに興奮して、入れたままの性器が硬度を取り戻す。

「あ、ん、シモ、ま、また……っ、あ、あ」

「ああ……今度は、よくしてやる……」

葵の中でゆっくりと動きながら、シモンは柔らかな糸束をいくつも作った。一つを後孔へ入れ、前立腺を刺激してやる。性モザイクで女性器があっても、男寄りの体ならば、こちらのほうが感じると聞いたことがある。糸束からはもちろん、惜しみなく媚毒を出して、葵の中をぐっしょりと濡らした。

前で膨らんでいる性器にも巻きつけ、根元を締めつけて尿道をくすぐり、一本だけ、ゆっくりと中へ侵入させる。

「あ、あん、あ、あっ？　い、いや、なに、するの……」

小さな性器に糸を入れられ、葵は困惑したように声をあげた。

「平気だ。気持ち良くなる」

シモンの脳内には、糸の動きが伝わってくる。細い道を下りていくと、やがて後孔の中からぐりぐりと刺激している前立腺へたどり着く。葵の不可思議な体内でこのあたりの構造がどうなっているのかはよく分からなかったが、そこをコリコリと糸で刺激し、皮膚に滲ませるように媚毒を注ぐと、明らかに葵の秘部と後孔は締まり、口からは甘い声が漏れた。

「あっ、あ、う、ああああん！」

「いいか？」

気持ちいいなら、嬉《うれ》しい。

——嬉しい。アオイが感じてくれるなら、嬉しい。もっと感じてくれ。もっと、私を。

私だけで、いっぱいになってくれ……。

頭の中に、シンプルな言葉が溢れ、シモンは腰を揺すりながら、ふっくらと膨れた乳首に糸束を巻きつけて、こね回した。乳頭に糸を刺し、媚毒も入れてやる。

「あ、あ、あんっ」

「お前は……子どもを産んでいるからか……胸が、あるな」

葵の胸の肉は柔らかく、両手で寄せると小さいが女のような頂きができた。

「あっ、あ、ああ、あ、いやあ……」

葵は顔をまっ赤にして、いやいや、と首を振った。

「見ないで……お、女の子じゃ、ないから……」

「……女より、お前のほうが、愛らしい」

ぐずるように泣きだした葵の頬に口づけてから、シモンはまだいきり立つ性器を葵の秘部から抜いた。秘部は健気にも、シモンの性器に絡みつき、もっともっととねだるように離さなかったが、力をこめると水音をたてて抜けた。

「あっ、シ、シモン……」

「……以前は、こっちでは、抱いてやらなかったな……」

囁き、シモンは葵の後孔へ、性器をあてた。糸束を二つに割り、よく解した後孔を広げさせる。

「あ、あ、あ……」

「お前には、前立腺が残ってる。こっちのほうが、たぶん……いいはずだ」

女性器の快感も、葵は前立腺から得ているのだろう。中は濡れ、うねうねとうねっている。シモンはまだ知らない葵の中へ入れるのだと、不意に嬉しくなり、微笑んでいた。

涙眼で、葵が自分を見あげている。

橙と瑠璃色の、飴玉《あめだま》のような瞳。

(甘そうだ……)

その味を確かめたく思った。

シモンは体を乗り出し、無意識に、その瞳を舌で舐めていた。舌の中で、葵の可愛い瞳を、溶かして食べてしまいたかった……。

「……っ、あ、ひあっ……!?」

ぺろりと舐めるのと同時に、腰をずん、と前に突き出す。葵の後孔を貫くと、シモンはゆさゆさと細い体を揺さぶった。

「あっ、あん、あ、あ」

いい場所に硬いところをあてて、何度も優しく擦ってやる。同時に、男性器の鈴口から忍ばせた糸も、こりこりと動かす。乳首を引っ張り、秘部へ糸束を侵入させて、そちらも優しく掻《か》き回した。

「あ、あ、あ、あ、シモ、シモン……っ、あ、い、いや、や、ひゃっ、んっ」

絶え間なく甘い声をあげ、葵はシモンの背中にすがりついてきた。シモンは葵を抱きあげ、座位になる。すると中に入れた性器は、より深くまで挿入され、葵は一際大きな声をあげた。

「い、い、いかせてぇ……っ」

シモンにしがみつきながら、葵がとうとう泣きだした。シモンは糸束で、葵の男性器の根元を締めつけ、射精を堰《せ》き止めていた。苦しいのだろう。まっ赤な顔で、ぐずぐずと懇願する葵がかわいそうで、けれど可愛くて、見ているとぞくぞくしたものを感じた。もっと可愛がりたいし、もっと泣かせたい。相反する感情がそこにはあったけれど、どちらも葵への深く強い欲には違《たが》わず、シモンは矛盾を感じなかった。それにシモンは、葵が出さずにいけることを知っているのだ。

「このまま、イけるだろう……?」

優しく囁きながら、耳たぶを舐めると、葵はいやいやと首を振った。

「だ、出させて……ぇ」

「六年前は、出さずにイっていた。そのほうが、何度もできる――」

身勝手なことを言いながら葵の細い腰を持ち、中を穿《うが》つ。したたるほどの媚毒に濡れた中は、そのたびに悦《よろこ》んできゅうきゅうと締まる。内腿《うちもも》をわななかせ、泣きじゃくりながら、葵はとうとう堪えきれないように、中の刺激だけで昇り詰めた。

「んっ、あー……っ、あ、あ、あ、あー……」

シモンの精を包む肉がうねり、奥へと吸いこむ。硬い性器を強く絞られ、シモンも葵の後孔へ――子どもなど、けっしてできない場所へ――初めて、精を吐き出していた。

五

「あっ、あん、あ、あ、あ……も、もう、だめ……っ」

葵《あおい》が啜《すす》り泣いている。

シモンは後背位で葵の後孔を犯しながら、その声を聞いていた。

それなのにやめてやらない自分は、たぶん、冷静ではないのだが、どこまでも柔らかく自分を包みこみ、シモンの性器を締めつけてくる葵の体は、むしろまだ足りないと言っているかのように思える。

午後から葵を抱いて、抱き続けて、既に日は落ち、あたりはとっぷりと暮れていた。

シモンはもう何度葵の中に精を吐いたか分からないが、いくら出してもすぐにまた屹立《きつりつ》する。葵はもう腰砕けで自力では体を支えられない。何度も腰を打ちつけたので白い肌は今や赤くなっている。断続的な絶頂を何時間も味わい続けて、葵が開けた口からは唾液がこぼれ、秘部にも後孔にも、シモンの精が白く泡だっていた。前の性器は半勃ちのまま、ときおり透明の露をこぼしているが、強制的にしごいて射精させた一回きりを除いて、葵はもうずっと後ろだけで達し続けている。

「アオイ、あと、一回。次で終わる」

細い体を抱きあげて仰向《あおむ》けにし、正常位で繋《つな》がり直すと、葵は「うそ、うそ」とシモンを咎《とが》めて泣いた。

「さっきも、そう言って……あ、あ、ぁああ……」

怒っていても、シモンのものを奥までゆっくり入れると、葵は文句も言わずに甘い声を出して喉を反らした。そんな姿が愛らしく、シモンは欲情をそそられた。

白くすべらかな葵の肌には、情事のしるしが眼に毒なほど散っている。シモンはこれまで誰にも、当然葵にさえ口づけの痕《あと》などつけたことはなかったが、今は残したくてたまらなかった。

入れたまま揺さぶり、持ちあげた足を甘く嚙《か》むと、葵はそれだけでびくん、と震えて反応する。

「……可愛《かわい》いな」

そう囁《ささや》く。

胸の奥にじわじわと広がる、言葉にしがたいこみあげるようなもの。それを声にのせると「可愛い」ということになる。可愛い。

初めての感覚に驚きながらも、一度分かると止められず、シモンは何度も可愛いと言った。そのたびに葵の体は震え、シモンを飲みこむ後孔は健気《けなげ》なほどきゅうっと締まった。

……なんて素直な体だろう？

六年ぶりに葵を味わいながら、シモンは初めてそのことに気づいた。いや、以前から知っていた気がするが、見て見ぬふりをしていたのかもしれない。愛《いと》しい、可愛いという感情も、今まではすべて閉じこめていた。

「あ、あ、あ、だめ、だめぇ……また、い、いく、いっちゃうから……」

泣きじゃくる葵の中をゆっくりと行き来しながら、

「いっていい。優しくするから……ほら、ここを……擦ってやる」

ノックするように中の良いところを刺激すると、葵は胸を仰《の》け反《ぞ》らせてまた達した。糸束を入れただけの秘部からはとぷとぷといやらしい蜜が溢《あふ》れて、シモンの下生えを濡《ぬ》らしていく。

「あ、あ……だめ……あ、あ、シモ……終わってぇ……」

「私がまだ、萎えていない……」

びくびくと痙攣《けいれん》しながら、葵はシモンの怒張を締めつける。その温《ぬく》もりを感じて、シモンは葵の足を閉じさせて肩に担ぎ、強く腰を突き入れた。弄《いじ》られすぎてまっ赤になった乳首を糸束でこねると、葵は震えて「だめ、だめ……、あ、ああ……っ」と甘く叫んだ。蕩《とろ》けた瞳は涙に濡れて、淡く灯《とも》したランプの光を映し、揺らめいている。

数回めの絶頂を感じ、シモンは逞《たくま》しい体を撓《しな》らせた。どくどくと溢れる精を、一滴残らず葵の中へ注ぎこむ。腰を軽く振り、すべて、なにもかも搾り出して、それを葵の中に飲みこんでほしかった。

精根尽き果てるとは、このことか――。

夜更けになり、ようやくシモンは葵の体を離した。

貴賓室には浴室もついている。風呂に運んで、体をきれいに清めてやると、葵はすぐにうとうとしはじめた。細い体を抱いて、シモンは葵が寝つくまで柔らかな黒髪を撫《な》でてやった。前髪をあげると丸い額が見えて、それがあどけなくて可愛らしい。けれどすっかり疲弊している葵を見るとさすがに申し訳なくなった。

謝罪をこめて、額へ口づける。と、葵の手が伸びてきて、シモンの頭を優しく、撫でた。ドキリとして葵を見下ろす。葵は寝ぼけ目《まなこ》で、「だいじょうぶだよ……」とだけ言うと、ぱたりと手を下ろして、そのままますやすやと眠りに落ちた。

(私を、慰めたのか……？)

こんなに身勝手に葵を抱き潰したことを、シモンが後悔していないか、葵は気にしたのだろうか？

それとも、抱く直前までシモンが泣いていたから、その続きかもしれなかった。

(……お前は私のことばかり、考えている)

そう思うと胸がぎゅうと苦しくなった。

こみあげてくる感情は切なさに似ているが、もっと甘く、いつまでも感じていたいような、不思議な多幸感があった。幸せで、甘ったるく――少し怖い。この時間が過ぎ去ることが惜しくて、淋《さび》しいのだ。

これが愛しいということか、と思う。空《そら》にも、似たような気持ちになることがある。腕に抱いて絵本を読み聞かせている途中で、寝息をたてて眠ってしまったときや、仕事を終えて戻ってくるや、嬉《うれ》しそうに飛びついてくる瞬間などに。

葵へのそれは、もっと独善的で、もっと欲にまみれ、もっと切迫していた。けれどそれを嫌悪する気持ちは、今はなぜだか湧いてこなかった。

しばらく、葵の寝顔を眺めていたシモンは、やがて朝になって葵が眼を覚ましたときのために、水をとりにいった。

廊下は静まり返り、小さな窓からは月が見えていた。森のどこかで梟《ふくろう》の鳴く声がする。

（……冷静だ）

と、シモンは自分を振り返って、思った。

（……正気でもある）

葵が倒れてからの数日間、シモンの一部を支配していた暴力的な感情――。麻痺《まひ》させ、遮断することであえて触れないようにしていた激しい感情、衝動や恐怖は、今やきれいに消えていた。

とはいえそれは、まったくなくなったわけではなかった。

ただ葵を抱いたことで負の感情はちりぢりになり、小さくなってシモンの心の奥へとしまいこまれているようだった。

失う不安に振り回されて、葵をまた傷つけたくない。遠ざけて、淋しい思いをさせたくもないし、本当は、離れたくもないのだ。……葵がそばにいなければ、自分はもう、駄目になるような気がする。もとよりそんな自分だったが、今はそれを認めることに抵抗がなくなっていた。

情けない弱さ、脆《もろ》さ、痛さや悲しみ、理不尽なほどの攻撃性まで含めて……たぶんこれが、愛というものなのだ。

葵は小さな体で、全力でシモンを受け止めてくれた。今や思考はすっきりと冴《さ》え渡り、シモンは落ち着いていた。

アリエナとシモンは違う。

葵が信じてくれているという、ただそれだけで、シモンもそう思えそうな気がしてくる。

（私の愛はアオイだ。……それで、もう、いいではないか）

これからも信じてもらえる自分でいるために、できるだけのことをしたい。葵の期待を裏切りたくはなかった。葵ならば愛し、許してほしいと言うだろうから、最後の大公として、国民のことも愛し、許したい。そう、思いさえするのだ。

と、階段の途中に、腕を組んだフリッツが待ち構えていた。午後から夜遅くまで行われていた情事のために、あれこれ都合をつけてくれただろう友人は、思ったとおり苦い顔をしていた。

「……一応、どういうことになってるか、説明してもらおうか」

シモンは、まあ言われるだろう、と冷静に受け止めていた。

「お前の部屋に……酒はあるか？」

立ち話も無粋だ。ゆっくり話がしたくて訊《き》くと、フリッツが「おや」というような顔をした。

少し怒りが削《そ》がれたのか、フリッツは戸惑ったような声を出す。

「……あ、ああ。あるけどな。来るか？」

ちらりと階上へ眼をやり、

「……アオイの部屋から、離れてもいいのか？」

と、念を押してくる。シモンは思わず、小さく笑ってしまった。

——そうか。そうだったな。私はほんの数時間前まで、そんなことにさえ、ひどく神経質になっていた。

正気ではなかったと、今になって思う。

シモンの中にある不安が、ゼロになったわけではない。心の内側にはアリエナとよく似た、暗く陰湿な支配欲や不安が残っている。葵を閉じこめておきたい気持ちは、消えないままだ。

一つ深呼吸し、シモンはその感情をそっと宥《なだ》めた。

……これから先の長い長い年月、もしかしたら、一生かもしれない。

（私は私の中の母と、闘うのだ……）

「……平気だろう。念のため、通常の施錠の他に、私の糸を張ってある。糸は切らずに繋いであるからな、なにかあれば分かる」

左手の人差し指を見せる。その指先からは見えるか見えないかの細い糸が出ていて、葵の部屋のほうへ続いていた。なるほど、とフリッツは頷《うなず》く。それに、とシモンは言い添えた。

「ここには……アオイを殺そうとする者は、たぶんいないだろう」

その言葉に、フリッツが一瞬驚いたような顔をする。けれどすぐ、そうだな、と階段を下りはじめた。シモンもそれに続く。

「……驚いたぞ。ソラたちが来たから様子を見にいったら、その……お前がアオイと……」

まさか突然、そんなふうになるとは思ってなかった……と、フリッツが言葉を濁しながら言う。

「アオイはお昼寝だ、起こしたらかわいそうだからと言い張ったら、ソラは納得してたがな。テオとリリヤはなにか勘づいてるかもしれない」

「……明日には分かることだ。すまなかったな、その……」

数秒迷い、シモンは「箍《たが》がはずれた」と白状した。フリッツのほうもしばし沈黙していたが、「あー、まあ」と恥ずかしそうに頷いた。

シモンのフェロモン香は、一つ下の階にまで漂っていた。これほど強い匂いとなれば、明日の朝には葵にもべったりついていることだろう。我ながら、ものすごい執着だと思ってしまう。先日まで、欲情などしないと言い切っていたシモンがこれほど激しい欲望を剥《む》き出しにしたのだから、フリッツが戸惑うのも無理はなかった。

嘱託医として与えられている個室に入ると、フリッツはランプを点《つ》けた。書籍や論文が積み上がった乱雑な机と、大きな本棚の他に、応接セットがあり、フリッツは奥の棚からブランデーを一本出してきて、シモンと自分のグラスを用意した。

ソファに腰掛けると、注がれたブランデーを渡される。甘く香る苦い薔薇色《ばらいろ》の酒を、シモンは舐《な》めるようにゆっくりと飲んだ。考えてみれば、この病院にいる間、寝酒もやめていた。久しぶりのアルコールの味に、なぜだか妙に気が抜けて、ふっと息が漏れた。

「訊いていいか？　なんでまた、突然……」

と、斜向《はすむ》かいのソファに座ったフリッツが、ため息まじりに「どういう心変わりで、アオイを抱いたんだ？　それもあんなに、長時間」と、続けた。

「……医者としてはな、病み上がりのアオイにあんな何時間も……セックスさせるなんて、ふざけるなよと言いたいところだぞ」

「分かっているが、萎えなかったんだ」

事実を言うと、フリッツは口に含んでいたブランデーを、思わずというように噴き出した。シモンはそれがなぜか妙におかしくて、つい笑っていた。

「……いや、お前の言うとおりだ。私はおかしい。……だが、数年分溜《た》まっていたものが、突然爆発したようだった。あまりに良くて……また今すぐ抱けと言われたら、喜んでそうする」

シモンの言葉に、フリッツはぽかんとしている。訝《いぶか》しげな表情で、友人が本当におかしくなったのではないかと、疑っている様子だった。実際、シモン自身も自分はどうしたのだろうと思っている。

子作りのためではないセックスが、これほど幸福なことだとは思っていなかった。葵を抱いている間中、満ち足りた甘い感情が、どこからともなくシモンをずっと包んでいたのだ。絶え間ない万能感と多幸感。幸福に溶けてしまいそうだった。

「……友人としては、よかったなと……言うべきところか？」

不審げに言うフリッツがおかしかったが、シモンは薄く笑うだけにし、「ところで」と話を変えた。

「ヴァイクの屋敷はしばらく保留にしておいてくれ。私は明日から、日中は城に戻る。夜はこちらで休むつもりだが……」

フリッツが眼を瞠《みは》り、「アオイを……城に戻すことにしたのか？」と訊《たず》ねてくる。

「ああ。そのための準備がある。悪いが、日中のアオイのことは、お前に任せていいか」

「それはもちろん。……だが」

フリッツは戸惑ったように、眉根を寄せた。たぶん、あれほど強硬にケルドアから出すと言い張っていたのに、なぜ、という疑念があるのだろう。

「なにか、その結論に至る変化があったのか？」

――環境的に、あるいは、お前の心境に？　アオイとセックスしたのだから、心境の変化は、そりゃああったんだろうが――。

しどろもどろにそう訊かれたが、シモンはしばらく思案したあと、結局、「ない」と答えた。

「大きな変化はない。……私が私の弱さを知っただけだ」

あるいは、認めたというべきだろうか。

恐怖や不安、母のようになるのではという危惧。そして実際、自分は恐ろしいほど母と似たところがあるということを。

けれどそれだけではなく、葵への愛や優しさ、情欲、束縛と一体になった庇護《ひご》欲、彼を失っては生きていけないという、切迫した希求もまた、シモンの中にはある……。

シモンはそれらをすべて、自分の中に置いてみることができた。あれほど忌避していた激しい感情は、やはり疎ましいものには違いなかったが、それでも三十二年作りあげてきた、シモン・ケルドアの器の中に、収めきれないものでもなかった。そう、葵がいれば。

葵がいれば、正気を保てる。葵に好きでいてもらえるよう、努力できる。そんな根拠のない、ふわふわとした、けれども強靭《きょうじん》な自信が、シモンにはなぜか感じられた。強いて言えば、それが葵を抱いたことによる、もっとも大きな変化だった。

「アオイは国を出たくないと言う。私と……一緒にいたいと。私も本当は離れたくない。ならば……もう一度国民を信じて、やれることをやるしかない」

いつかまた、葵を危険な目に遭わせるかもしれないし、そうすれば自分は母のようになってしまうかもしれない――現状の危うさは承知だ。今の決断は、いずれ後悔に変わるかもしれない。

それでも、この不安定なバランスの上に、もう一度立ってみようと思えた。

「どちらをとっても、後悔はあるだろう。……ならば、逃げないことに決めたのだ」

葵は死にかけていながら、まだここで暮らすことを諦めていない。それを思うと、小さく、笑いがこぼれた。

「……フリッツ。私は知らなかった。アオイがあれほど強いとは……」

すると、フリッツは肩を竦《すく》めて「母は強しってやつだな」と言う。

なるほど、とシモンは呟《つぶや》いた。

──母は強し、か……。

薔薇色のブランデーの中に、その言葉は溶けていく。脳裏には母、アリエナの面影がよぎったが、それはすぐに見えなくなって、ぼんやりと遠のいていった。


昼は城へ戻って仕事をし、葵を再び迎えるための準備をする。

夜は病院へ行き、葵と過ごして、そのままそこで眠る。

シモンは葵を抱いた翌日から、そんな生活に切り替えた。

念には念を重ねて、葵を城に戻す準備をした。すべてが整ったのは、それから実に一ヶ月半後のことだ。

その間、空とテオとすごす時間はどうしても減ってしまう。そこで葵から提案があり、夕飯は病院の貴賓室で四人で摂ることになった。一日一回の、家族の時間はシモンの楽しみになった。こうなって初めて気がついたが、葵はいつも、家族で過ごす時間をどうとるかを腐心していたのだ。そのためのアイディアを、実はこれまでもたくさん出してもらっていたと、シモンはようやく理解した。

愛しい家族と囲む食卓は心癒《いや》されるものだったが、それよりなにより夢中になったのは、夜になって葵を腕に抱くことだった。

さすがに何時間も抱きっぱなし……というのは初日の一回きりだったけれど、突如溢れたシモンの性欲は簡単にはおさまらず、葵が一日中ベッドにいる環境なのをいいことに、毎晩のように体を求めた。

葵は恥ずかしそうにしたり、「でも、昨日も……」と言ったりはしたが、口づければとろんと艶《なま》めかしい眼になって、シモンに体を預ける。

時折、「どうして……」と物言いたげな顔をしていたが、情事が始まるとシモンは冷静ではいられず、そんな葵の戸惑いも聞き流してしまっていた。

初めの挿入はいつも女としての陰部からで、それはそちらのほうがスムーズだからだった。シモンは、一回めの精だけそこへ注いだ。葵の女性機能は確かなようで、いつも柔らかくシモンを受け容《い》れ、白濁もこぼさず飲みこんでくれる。

そして二回め以降は、決まって十分に解した後孔に挿入した。正面から、あるいは膝に抱いて。後ろから突くこともあれば、横抱きにして結合部の眺めを楽しむこともある。時に貪り、時にじっくりと味わうように、シモンは葵を食べ尽くした。

いつも最後のほうは堪えきれず、葵を穿《うが》つ腰のストロークは深く激しいものになりがちだった。それでも葵は嫌がらず、健気にも、抱かれている間中涙をこぼしながら、シモン、好き、好きだよ、と繰り返してくれた。

シモンが「痛いか？」と訊けば、大丈夫、平気、もっとしていいよと返してくれる。拒絶されることは一度もなく、シモンはセックスを通して葵に甘やかされている気がした。それは、かなり良い気分だった。

好きと言われると、たとえようのない満足を覚えた。繋がっている間の幸福感と全能感は、事後も余韻のように残り、翌朝にはすっきりとして、思考がクリアになっていた。ありとあらゆる不安や恐れが退けられ、自分はなんとかやり通せるはずだという自信を持つことができた。

葵を愛している。深く強く、愛している……という確信が、日に日にはっきりとして、それがシモンの自信の軸になっていく。そんな手応えがあった。

当然ながら葵には、シモンの匂いがしっかりと移り、それもやたらと気に入った。今までに抱いた誰にも、自分の匂いをつけて嬉しいなどと、感じたことはなかったのに。

けれどその執着心を、シモンはもう恐れないでいられた。

用心深く、手綱を握っておこう。暴走しないように。それはずっと、私がやって来たことだ——。

三十二年分の、己の力を信じろと、シモンは自らに言い聞かせた。

愛も情も、ひとたびその正体が分かれば、御することはできるはずだった。胸に湧き上がってくる感情を、シモンは冷静に観察し、昼の間は上手に操った。夜になり、葵を抱くときには、我慢せずにすべて出せるのだから、それは造作もないことだった。不安も、悲しみも、どんな弱い自分も、葵は分かってくれる。

無条件に信じられる人がいる。シモンはそのことに、強く支えられていた。

葵にシモンの匂いがついていたので、テオとリリヤには、抱いた翌日に二人の変化を知られてしまった。

空にも「あおい、パパのにおいっ」と無邪気に言われ、葵は一人恥ずかしそうにしていた。

テオは驚いていたが、あとでこっそり、病院の廊下にシモンを連れ出して、「安心したよ」と耳打ちしてきた。賢い弟は意志のこもった静かな眼で、「僕もアオイを守るから」と約束してくれた。今までなら、はぐらかしていたかもしれない。たった十三歳、そしてロウクラスであるお前には荷が重いと、遠慮したかもしれない。けれどシモンはそうしなかった。

「……頼めるか」

そっと訊くと、テオは嬉しそうに微笑《ほほえ》み「もちろん。僕のすべてを懸けて」と、胸に手をあてた。

十三歳で、ロウクラス。それでも、テオはケルドア家の人間であり、己の運命を自分できちんと背負って立っている、自立した一人の人間なのだ。苦しみは多いだろうに、差し伸べる手を惜しまないその強さは、年齢や起源種によるものではない。十三年の人生の中で、テオが自分で身につけただろう優しさだった。

(誰もが……己の運命と闘っているのか)

シモンは初めて、分かった気がした。

テオだけではない。葵も空も、そしてきっとシモンの知らぬところで、国民たち一人一人も、苦しい葛藤を抱えているのかもしれない。

その闘いを、シモンはかわってやることはできない。ただそばにいて、あるいは遠くから、生き抜くだろうと信じるだけだ。相手の強さを信じるには、愛がいる。できることはなんでもしようと、常に手を差し伸べるには、情が必要だった。そんなことを、シモンはうっすらと分かりかけていた。

葵にシモンの香りが移っているように、シモンにも、葵の香りが淡くまとわりつくようになっていた。それはナミアゲハらしい、フルーティな香りだ。

城に戻った初日、滅多《めった》に感情を表さない執事が驚いたような顔をしたのもそのせいだろう。城に雇われているのはハイクラスのみ。となれば、使用人のすべてが、ほんのわずかな香りさえ嗅ぎ分けることができる。

シモンは葵の匂いをまとわりつかせたまま、しばらくの間、じっくりと使用人たちを観察した。自分の寝所にかつてあがったことのある、メイドのリストも作らせた。その間にも、葵に毒を盛ったレティには逮捕状が出て、刑が決まった。彼女が裁判を辞退したので、刑はすみやかに執行されたらしい。使用人たちは、そのことに緊張しているようだった。

しばらくして、シモンは使用人一人一人と、短い時間だが面談をした。

率直に、大公妃が他国のアゲハチョウ出身者でも、仕えて働けるかどうかを訊ねていった。どうしても無理だというのなら、暇を出す。もちろん相応の退職金を支払い、次の仕事の世話もすると伝えた。

多くの者はじっと押し黙っていた。複雑そうだった。

仕えたい気持ちはあるが、大公妃を心から歓迎しているとは言い切れない。そんなふうに見えた。

けれど中にはわずかながら、葵に好意的な者もいると分かった。それは大抵中年以上の、長くこの城にいるメイドたちだった。父親の代から城に仕えている古株ばかりだ。

そのうちの一人と面談したとき、彼女は始終小さくなって面を伏せていた。生気がなく、五十代のはずだったが、実年齢よりも十は老けて見える。彼女はただ呟くようにこう言った。

「殿下がどれほどのご苦労をなさったかは……知っております。ようやく、お子が生まれ、ご家族で過ごされるのです。アオイ様はソラ様のお母上……そしてとても、ソラ様を可愛がっていらっしゃいます。ちゃんと……愛していらっしゃる」

それ以上、なにを望むというのでしょう、と彼女は囁いた。ふっと、その顔に見覚えがあることに、シモンは気がついた。

メイドの細い首の真ん中に、黒ずんだ鬱血痕があざになって残っている――。

瞼《まぶた》の裏に、古い記憶が蘇《よみがえ》ってきた。床に散らばった人形と、割れた花瓶。赤い花びら。彼女はかつて、シモンの右腕に怪我《けが》をさせたと――アリエナに首を絞められていたメイドだった。リストを見ると、持ち場は洗濯場になっている。恐らく、アリエナの怒りに触れて以降、シモンの部屋付きからはずされていたのだ。

(――……辞めてはいなかったのだな)

お前はなぜ、あのあともここで働き続けたのだ？　母に殺されかけても、なお……と、シモンは訊こうかと考え、やめた。

体を縮めるようにしてシモンの前に座り、顔をうつむけているメイドの心の中に、あのときの記憶が残っているかは、よく分からなかった。

「そうか。……ならば、アオイの部屋付きになってもらえるか？」

ただそう訊ねると、メイドの眼尻には、じわじわと涙がたまっていった。

「恐れ多くも……私でよろしければ」

　彼女はかすれた声で言い、深々と頭を下げた。膝の上にそろえられた、洗濯で荒れた手に、涙が一粒、落ちるのが見える。幼いころ――彼女がシモンの部屋付きだったわずかな期間。あの手にひかれて、庭を歩いたことがある……。忘れていた記憶がかすかに蘇り、そこにはメイドの笑い声や、穏やかな庭の陽射《ひざ》しが混じっているようにも思えたけれど、もう、よくは思い出せなかった。

　分かったのは、彼女にはシモンの知らない、彼女の闘いがあったということ。

　それだけだった。

　寝所にあげ、二年ばかりとはいえ、以前シモンと子作りをしていたメイドは、城内に八人いた。シモンは彼女たちとどう話せばいいのか分からなかったが、まずはかつて、冷酷な態度をとっていたであろうことを詫《わ》びた。

　神のように崇《あが》める大公に謝罪され、メイドたちはみな一様に困惑した。まだシモンへ未練のある者、あれはありがたいお役目だったと割り切っている者、そして逆に、産んでくれた葵に感謝している者などがいた。話をしてすっきりしたのか、彼女たちの半分は、大公宮から外の勤務地へ、配置換えを願い出た。あるいは結婚をするので、仕事そのものを辞めたいという者もいた。シモンはその希望には快く応えた。

　城の人員整理は面談を通してゆっくりと行われ、一ヶ月と十日が経《た》つころ、やっと終わった。

「……退職者は十名。新しい仕事を希望している者には、既に紹介が終わりました。別荘地の人員も、ほぼ整理が終わっております」

その日、シモンの執務室へ報告に来たのは執事だった。

件《くだん》のメイド、レティが働いていた海辺の別荘は一時的に警察が立ち入り、使用人も取り調べを受けていた。その報告も、あわせてシモンは受け取った。諸々《もろもろ》、問題はまだ山積みだったが、それでも葵を迎え入れる手はずはほぼついた。

「ディーヴィー」

話が終わったとき、シモンは退室しようとする執事を呼び止めた。

彼がシモンの、大公らしからぬ行動——葵のために使用人と片端から面談した、などという——をどう思っているのか、本当のところ、よく分からなかった。

結婚式の際、葵の衣装の手配を怠ったのは彼だ。葵のことを好ましく思っているとは、とても考えられなかった。けれど、シモンは彼に直接、本音を聞いたことはない。面談リストからも、あえて彼をはずしておいた。

「……最後の面談者は、お前だ。お前は、今の私をどう思っている？」

広く、古い執務室にシモンの声はやけに響いた。幼いころからこの城内のすべてを取り仕切ってきた執事をじっと見据えると、彼は灰色の眼を、ほんの一度だけ、瞬《まばた》きさせた。

「……納得がいかぬなら、お前にも、辞める権利はある」

そうつけ足すと、数秒、執事は沈黙していた。けれど扉へ向きかけていた体を、すっとシモンの正面へ戻すと、表情を動かさずに「いえ」と言った。

「私は、死ぬまでここで、お仕えするつもりです。……この国と、殿下さえ……ソラ様さえ健やかならば、私に、異存はありません」

あえて葵のことは口にしない。シモンは机上の書類を引き寄せた。葵の、新しい部屋付きメイドは三名に決まった。さほど若くはないが、仕事はできるはず。なにより、彼女たちは全員、葵に好意的な態度を示してくれた。

しかし城の生活のすべてが、この三人で回るわけではない。飲食物を配膳する使用人や、衣類を支度する者など、葵に関わる使用人は極力葵に好意的、あるいは、肯定的な人間を集めた。それでも万全とは言い難い。

「……私は、お前を信用したいと思っている。私がお前を解雇しようとしたとき、アオイは止めた。お前はこの城の要《かなめ》だと言ってな……。私も、そう思っている」

味方が必要だ、とシモンは続けた。

「アオイを守ってくれる者が。それが私のため、あるいはソラのためでも構わない。私一人の手では足りない。お前に、もう一つの手になってもらえたらと……望んでいる」

じっとシモンが見つめても、執事は黙っていた。

シモンが書類を差し出すと、いったん扉付近にいた執事は戻ってきて、一礼してから書類を受け取った。シモンは「空欄があるだろう」と指摘した。

「……アオイ様の、お食事、お飲み物の、毒味役ですか」

役目の欄を見て、執事が言うのに、シモンは頷いた。

「私と、お前の名を連ねたい」

そう切り出すと、執事はハッとしたように眼を瞠った。毒味役は、その名のとおり、葵の口に入るものを摂取し、毒がないかを調べる役割である。自分がともに食事を摂れる朝夕は、シモンが自ら毒味をする。それ以外の時間は、執事に任せたかった。

「殿下、なりません」

執事は硬い声を出した。

「殿下はこの国の神そのもの。万一があっては困ります。毒味役は、私一人にお申しつけください」

「……いいや、ディーヴィー。この考えは譲らない。お前が賛同しないのならば、私は朝夕の食事以外でも、毒味をするだけだ」

執事は緊張した面持ちになり、しばらく言葉を探して黙りこんでいた。やがて、「殿下と私では……抑止力に雲泥の差が」と続ける。

「……いいや。お前はこの城の要だ。使用人たちは、お前を敬っている。それに、私は懸けている」

シモンは静かに、言い切った。

新しく葵の部屋付きとなったメイドの一人。彼女が長らく洗濯場に回されていたのは、執事の采配だったとあとで分かった。アリエナは洗濯場のメイドになど、興味を持たない。どういった事情があり、それが果たして彼女のためだったかはさておき、少なくともあのメイドは執事のおかげで、アリエナの暴挙から逃げられ、城に残れたのだ。

「……私が知らないだけで、そんなことは無数にあったのではないか？」

そっと訊ねても、執事はなにも言わなかったが、灰色の眼はわずかに揺れた。閉ざされたこの城の中で、頼りにならぬ前大公と、感情まかせの前大公妃と、死んでゆくグーティの子どもたちと、幼く怯《おび》えていたシモン……。どこからでも破綻《はたん》しそうだった危うい状態を、誰が守っていたのだろうか？

シモンは、息をつき、「お前に頼みたいのだ」と、もう一度言った。

「毒味すべき私が、アオイ様を……裏切らないという確証が？」

「――お前にだけは言うが、アオイが死んだら、私は後を追うと思う」

それは、なんの気負いもなく、口からこぼれ落ちた。執事が眼を瞠《みは》り、信じられないものを見るようにシモンを見つめた。シモンは思わず、小さく笑っていた。

「誤解するな。自殺しようとは思わない。……だが、そうだな。緩やかに死んでいくだろう。その確信がある」

葵がもし、突然この世を去ったら。

自分は生きてはいけないだろうと思う。空は可愛い。愛しいから、なんとか生きはするだろうが、シモンの心は死に、完璧な幸福は永遠に遠ざかる。シモンの心は欠落して、そこから静かに、狂気にむしばまれていくだろう。

（……母もそうだったのだろうか）

最初のシモンを死なせたとき？

あるいは、二番め、三番め……何度も続くシモンの死のあと、緩やかに、心の歯車がずれていったのだろうか。

父が母を愛していたとはとても思えない。母は常に、蒙昧《もうまい》の中にいた。病んでからというだけではなく、たぶん、この城にあがったその日から。

「……母は十五歳で城にあがり……子どもを産み続けていた。……幼かった彼女には、なにが分かっただろうと……最近になって、思う」

執事がハッとしたように、息を呑《の》む気配がある。

「弱くて今にも死んでしまいそうな我が子、自分に無関心な夫……彼女はおろおろと迷い、一人で困り果て、いつまでも子どものままだった。恐らく……死ぬまで」

憐《あわ》れに思えばいいのか、それは母の愚かさだと割り切ればいいのかは分からない。

けれどこうして、執事に母の話をしたのは、初めてのことだった。アリエナが生きている間も、死んでからも、この城の中で彼女の話をする者はいない。とっくに死んでしまった父のことさえも、そうだ。

言えない理由は、自分が長らく、誰にもこんな話をしなかったことと——同じではないのか。シモンには、なぜかそう思えた。

「だが今は、母の気持ちが少しだけ分かる。アオイを失えば……私はおかしくなるだろう。そして大公シモン・ケルドアの自意識は、完全に潰《つい》える。そんな気がする」

執事はしばらく黙っていたが、そのうち、殿下は、と呟くように言った。

「変わられましたな……」

嘆かわしいか、とシモンは訊いた。いいえ、と執事は首を振り、唇の端にあるかなきかの笑みを浮かべた。

「アオイ様をお迎えすることに、戸惑いがあったのは……長年の罪を見るようで、心苦しかった、それだけにございます」

——眼を逸《そ》らし続けた数々の罪を、罪であったと認めるのが。

「……何十年にも及ぶ、城内の酷遇《こくぐう》を……私は、大公家存続のためであると、見ないふりをしてきました。どれほど痛ましい状況でも……殿下のお体さえご無事なら、それ以上はなにもいらぬと……ですが、アオイ様は違っていた……殿下のお心を求めていらした……

知らぬうちに虐げていたのだと……知りました。と、執事はかすれた声で続けた。

私は、私も幼い殿下を、かつて……」

「その罪に、向き合うのが、恐ろしかった。……ただ、それだけに、ございます」

普段感情を表さない執事の眉が一度だけ歪《ゆが》み、その瞼が震えた。けれど彼はそれ以上は泣くことも、謝ることもしなかった。

美しい所作で一礼し、殿下の命とあらば努力いたします、と付け加えて、執事は立ち去ろうとした。扉の向こうに彼が消えそうになったそのとき、不意にシモンは言っていた。

「ディーヴィー。……私はもう、三十二歳だ。幼い子どものことは……忘れていい」

ドアノブに手をかけていた執事は、深く頭を下げて退出した。

(……そういえば、私の幼いころの写真は一枚きり。……あれは執事が、撮ったものだったな)

ふとそのことを思い出した。城の奥、湿っぽい部屋に飾られている兄たちの祭壇のことも。

いつか、もっと美しく、明るい部屋に、彼らの遺影を移そうと、シモンは思った。滅多に人が訪れない、普段は忘れ去られているあの部屋を、きれいに清めているのも、たしか執事だったと思い出す。

(私は……この城の中で私以外の者がどう生きていたか、よく、知らなかった……)

国民としてケルドアの人々を見ることはあっても、個別に一人一人を考えることはなかった。シモン自身も、個人として生きてはいなかったのだから、当然といえば当然だった。

それならば……。

シモンが背負っている痛みは、ケルドアの歴史の傷だ。

（……この城の中で、私と同じに……傷を負った者が多くいたと知れてよかった）

千年以上続く国の歴史の中で、グーティを残さねばならないという呪縛が、多くの国民を苦しめてきた。それは当事者である、大公家の人間に限ったことではなく。

共和制を選んだことで、将来、この悲しい傷を空に負わせずにすむよう、シモンはひたすら願うばかりだった。

そのための努力なら、なんでもしようと思えた。未来に禍根は、残さない。

――そうして過去に傷ついた国民たちを抱き締めるようにして、私もこの命を、古い歴史とともに終わらせるのだ。

けっして悲観的ではなく、けれど一つの価値観、一つの歴史、一つの国が終わろうとしている悲哀を静かに味わいながら、シモンはそっと、決意を固めていた。

「明日、城に戻れる」

その日の晩、情事が終わったあとの甘やかな褥《しとね》の中で、シモンは清めたばかりの葵の体を胸に抱き、そう告げた。疲れ切って、シモンにぐったりと体を預けていた葵は、その言葉に小さく身じろぎした。

「……怖くはないか」

訊ねると、少しの沈黙のあと、葵は「ううん」と言った。

明るい月の光が部屋に差しこんで、葵の黒髪を照らしていた。胸の上でシモンの顔を見あげるようにした葵の眼は、やはり飴玉《あめだま》のようにとろりとして甘そうだ。

「ここにいる間……考えてたんだけど」

そっと、葵は言った。なにをだろう、とシモンは思ったが、病院に閉じこめられていた一ヶ月半、なにやら葵が物思いに囚《とら》われていることには、実は気がついていた。

葵はシモンにも、時々、なにか問うような眼を向けてきた。情事の直前にも、何度か戸惑ったように「どうして……」とか「なんでシモンは……」と言いかけてやめることがあり、シモンも気にしてはいた。

一向に相談されないので、「アオイが考えこんでいるようだが」と、フリッツにも訊いてみた。しかしフリッツはなにも知らなかった。それよりむしろ、

「俺が注意するより先に、お前がアオイの悩みに気づくなんて、初めてじゃないか？」

と、感心されたほどだ。

　フリッツに言わないのなら、それほど重大な悩みではないのかもしれない——と、シモンは思うことにした。伴侶だからと、あれもこれも話せというのは、若干乱暴にも思える。葵にはシモンにはない繊細さがあるのだから、話してくれるのを待とうと決めていたのである。そう思えるのは、毎晩変わらず葵がシモンを受け入れてくれ、好きだと囁いてくれて、その体の奥深いところで、しっかりと繋がっている安心感のせいかもしれなかった。

「……シモンは俺を、追い出さないでくれた。だから俺も、変わらなきゃいけないって思ってるんだ」

　葵が口にしたのは、そんな静かな決意だった。やはりそう深刻なことではなさそうだ、と安堵しながら、変わるとは、具体的にどう？　と訊ねると、少し困った顔をする。

「今までは……耐えていれば、いつかはみんなに理解してもらえるかもと思ってた。でも、そんなことないんだって分かったから……考え方を変えなきゃいけないって」

「……考え方」

「——この国で、お前の国民と一緒に生きていく方法。俺がどうあれば、少しでもお前の伴侶として許してもらえるのか、もっと試す勇気が必要だなって……思ったんだよ」

　失敗するかもしれないけど、失敗を繰り返しながら、妥協点を見つけられたら……と、話す葵は、事後の疲れで既に眠たそうだ。子どものように、眼をこすっている。

「お前が苦労することなど、ないのだぞ」

本心を言うと、シモンの胸に頭を預け、葵が「苦労じゃないよ……」と言った。もう半分、眠りかけた声。

「最後には、シモンと……ソラがいてくれる。だから、大丈夫……」

それだけ言うと、葵はすうっと眠ってしまった。

そして迎えた翌朝、葵はとうとう退院して、ケルドアの大公宮へと戻ってきたのである。

暦は既に九月に入っていた。

帰城の際、シモンが葵をエスコートして城へ入ると、ロビーに並んで出迎えた使用人たちは、みな少なからず動揺していた。葵から、シモンの香りが濃厚にしたからだというのは、小さな囁き声で分かった。

……殿下は、本当に大公妃を愛してらっしゃるのね？

誰かが驚いたようにそう漏らし、シモンは心の中だけでそうだ、と答えた。

だから誰も、葵を傷つけないでほしいと――。

葵はというと、少し緊張していたようだが、にこやかな笑顔で使用人に対峙《たいじ》していた。なにも言わずにその場を去るものと思っていたシモンだったが、葵はそれに反して、ロビーに立ち止まると、出迎えた使用人へと声をかけた。

「みなさん。また今日から、お世話になります。このたびの……レティの事件は、あなたがたにとっても、ショックなできごとだったかもしれません……」

急に話し出した葵に、シモンは内心ぎょっとした。

葵がわざわざなにかを話す必要などないのだ。また傷つけられたらどうする。

そんな気持ちになり、この場から連れ出したくなる。けれどすんでのところで、それをぐっと抑えこんだ。待て、葵の思うとおりにさせてやろうと、もう一人の自分が言う。

「……みなさんにとって、俺……私は、望むべき大公妃ではないかもしれない。ですが、あなたがたの主が、私を迎えてくれました」

大きな瞳を、静かに一人一人へ向け、葵は優しくも、芯の通った声音で話し続けた。その指は細かく震えていたが、葵はそれを、一切表情に出さなかった。

「心で憎むのは構わない。けれど大公家でこのような騒動が二度、三度とあれば、諸外国からの信用を失い、長いケルドアの歴史に泥を塗ることになるでしょう。美しいこの国と、ケルドア大公家を守るために、私も努力いたします。あなたがたにも、そうしてほしい」

シモンは驚いて眼を見開いた。葵は真剣な顔をしている。使用人たちからも、息を呑む気配があった。おとなしく、従順で——下等なはずの——アゲハの大公妃は、これまで彼らになにかを要求したことも、意見したこともなかったはずなのだ。

「……己の心の中にある私への憎しみと、この国への愛という相克《そうこく》を、一人一人が持っているでしょう。どうか闘ってほしい。生きている間、私はあなたがたの主のそばにいます。私がいる限り、愛と憎しみの闘いは長く続く……覚悟して、この家と国を……あなたがたのために」

お願いします、と囁き、葵は胸に手をあてると、深く頭を下げた。

大公妃が、使用人に頭《こうべ》を垂れることなどない——そう思うシモンの気持ちは、やがてかき消えていった。

これが葵のやり方なのだ。葵の考えなのだ。

病院のベッドの上で、一人で出した結論なのだ。なんのためになら、彼らが自分を受け入れるか、葵はとても冷静に見ている。大公妃という肩書きなど、この国の人々の前では無意味だとも、葵はもう十分に知っている。自分を受け入れなくていい。自分たちの仕事と役割を果たせと、葵はそう言ったのだ。

顔をあげた葵は、優しく微笑んでいた。少し気弱そうなその笑みは、もういつもの笑みだった。お帰りなさいませ、と、誰かが声をあげた。最初に言ったのは、葵の部屋付きに決まっているメイドだ。

お帰りなさいませ、お帰りなさいませと、あちこちから、小さいけれどたしかに声があがりはじめた。

「お帰りなさいませ。アオイ様」

名前を呼んだのは、執事だった。ロビーの奥の階段に寄り添い、促すように葵を見てい

る。葵は微笑み、「ありがとう……ディーヴィー」と、執事の愛称を呼んだ。

「……憎しみと、愛の相克か」

部屋に入って二人になったとき、思わずシモンはそう呟いていた。葵は顔をまっ赤にして窓辺の椅子に座りこみ、「ああ……緊張した」と息をついていた。自然体の葵は、つい先ほどまでの毅然《きぜん》とした彼からは想像もつかないほど、可愛らしく、素朴に見える。

けれど……。

（賢い子だ。……またひとつ、美しいところを知った）

シモンは心の内だけで感嘆しながら、葵の隣に腰を下ろした。

「この水は私が毒味した。安全だ」

グラスに注いでやると、葵はホッとしたようにありがとう、と呟いた。毒味のことも、昨日話すと、葵は二つ返事で了承した。前の葵なら、きっと嫌がり、大丈夫だと言い張っただろう。けれど今は「それが俺の立場だね」と、理解しているようだった。

「……シモン。お願いがあるんだけど」

と、水を一口飲んだところで、葵はそう切りだしてきた。

シモンは顔をあげ、問うように葵を見つめた。真剣な顔をしている自分の伴侶に、少しだけ嫌な予感がした。

六

「なんにせよ、退院が九月の公務に間に合ってよかったなぁ。アオイは立派だったし。そのうえ、レティとやらの面会にも行ってるんだって？　できた大公妃じゃないか。アオイを支持する国民もきっと増えるよ」

季節は十月の終わり。ケルドアには一足早い冬が訪れようとしていた。

午後の執務が終わりかけたころ、葵《あおい》の診察に訪れていたフリッツが顔を出したので、シモンはいつもどおり友人のおしゃべりを聞くともなしに聞いていた。

葵と空《そら》をこの国に迎えてから、もうすぐ一年が経《た》つ。

共和制に向けての準備はいよいよ本格化してきているが、政治は議会の仕事であり、彼らからあがってくる報告書や決定書に意見したり、押印したりする他は、シモンは大公家の財産をどう分け、どう運用するかの決定に、日々追われていた。

応接椅子に座ったフリッツは楽しそうだ。

実際、葵は退院した九月初旬から今日まで、大公妃としてよく仕事をしてくれていた。

かねてから予定していたとおり、歌劇場にも顔を出し、なめらかなケルドア語で挨拶をした。国民からどれだけ蔑《さげす》みの眼を向けられても、笑顔を絶やさず穏やかに、シモンのそばにそっと寄り添っている。

逮捕されたレティへの面会は、葵自身が希望したことだ。城に帰ってきたその日に、

「お願いがあるんだけど……」

と、葵自ら、頼まれた内容というのがそれだった。

シモンは当然反対したが、葵はどうしても必要なことだと食い下がった。

――俺が一般市民なら、自分を殺そうとした相手と会う必要はないよ。でも俺は、今、大公妃だ。彼女はこの国の国民なんだから、俺は会わなきゃいけない。

切々と訴えられれば、はね除《の》けることはできなかった。

葵が自分で考え、選んだことなのだ。尊重してやりたいと思うのが、愛情というものだろう。

「シモンはついてこないで。彼女が落ち着かないだろうから」と、葵が言うので、シモンは渋々面会室の外で待った。

葵が、そこでレティとなにを話したかは分からない。出てきた葵に訊《たず》ねると、「彼女の話をいろいろ聞いただけ」と返ってきただけだったし、それから以降も、週に一回面談に行く葵が、レティとどんな話をしているのかは分からなかった。

「そりゃお前には言わないだろう。言ってみれば、前妻と本妻が会って話してるようなものだ。会話なんて、お前の悪口しかない」

　フリッツには笑って言われたが、最近、その言葉は的を射ているのでは……と、シモンは思いはじめていた。

　執務机で最後の書類を片付けると、シモンは我知らず、ため息をついた。

「……大公妃としてのアオイに文句はない。恐怖に負けず、よくやってくれている」

　文句はないどころか。葵は自分にはもったいないほどよくできた伴侶だと思う。退院してきてからも、語学や歴史、文化について勉強を続け、このごろは経済誌まで読みはじめた。分からないことがあるとシモンに訊《き》いてきて、熱心に意見を求めてくる。お若いのに大変な勉強家でいらっしゃいます、とは、雇っている家庭教師の口癖である。葵は空き時間をすべて勉強と読書に費やしている。

　そのうえ、レティの面会時に、葵はこのごろ、他の囚人も慰問するようになった。

　それは主に身寄りがなく、訪ねる者もいない囚人に対してで、慰問の際に差し入れる菓子を、シモンは葵にねだられた。犯罪者も多くはなく、収監された囚人の数はたかが知れている。ケルドアは小さな国なので。それでも、彼らもまたケルドア国民なのだ。アゲハ出身の葵に、彼らがどういう態度をとるのか不安になったシモンは、警察署長を呼び出し、立ち会っている警官から話を聞いてみたが、侘《わ》びしい刑務所の中で、家族もなく過ごしている囚人らは二度め三度めの慰問時には葵に好意的になり、自分の生い立ちや昔話をして聞かせているらしい。

――妃殿下は静かにお話をお聞きになっていらっしゃいます。……お優しい方で。

と、警官が少しはにかんだように付け加えたのが、シモンは気に入らなかった。

――お前が慰問する必要はないのだぞ。

一応伝えてみたものの、葵は困ったように「これくらいさせてくれないと」と言った。

――暇がたくさんあるんだから。海外のロイヤルファミリーについて調べたけど、こういうのは大公妃の仕事だって。もう少し、ケルドアの人たちが俺に慣れてくれたら、他の場所にも行かせてもらいたいって思ってるんだよ。

城に監禁どころの話ではない。葵は将来的には、病院や高齢者の施設や養護施設などを回ったり、海外の発展途上国のために、ケルドアが作っている財団法人の活動などに、加わりたいとまで言ってきた。

――俺にも仕事をさせて。

というのが、葵の一貫した主張だった。

シモンは目眩《めまい》を覚えたが、葵と深く関わりを持った人々は、次第に葵を好きになっていくようで、先日など、警察署長から電話があり、なにごとかと思えば、現在服役中のレティが面談時に泣きながら葵に謝り、服役が終わったらおそばで働かせてくださいと懇願し、妃殿下は快諾していたが、一応お知らせしたほうがいいかと思いまして……という内容だった。レティの服役期間は三十五年である。もちろん刑期が短くなる場合もあるが、はるか先の話なのでシモンはそのままにしておいた。葵が刑務所で、囚人たちとどんな話をしているか、盗み聞きさせていることがバレるのは気まずかったからだ。だが、それにしても……と、思う。

（アオイは、懐が、広すぎないか？）

私と空だけではなく、国民全員を愛するつもりか。

フリッツにその愚痴を言うと、「なにを言ってるんだ。お前が大公だから、合わせてるんだよ。努力してくれてるのに」と返されてしまった。もちろん、シモンにもそれは痛いほど分かっていた。

大公妃としての葵だけではなく、母親、あるいは自分の伴侶としての葵にだって、文句などあろうはずもない。葵は自分より、いつも空やシモンのことを考えている。どの役割のときも、葵はシモンの記憶にあるアリエナとはまるで違っていた。母は公務など一切しなかったし、慈善活動などもってのほか。子どもをまともに育てることもしなかった。夫と優しい対話をすることもなく、父に対しては半分無関心でさえあったように思える。

今となってはもう分からないことだが——葵が自分の母親だったら……とたまに考えると、シモンは、空が羨ましいような気持ちになることもあるのだ。もちろんそれはおかしな考えで、そんな葵が伴侶になってくれて、自分は幸せだという答えに落ち着くのだが。

しかし、このごろの葵に対して、シモンはずっと小さな懸念を覚えていた。

「……夜の生活に入ろうとすると……なにか物言いたげに……するのだが。かといって、拒絶はしない。むしろ喜んでいるようで……」

なにが問題だと思う？

と、顔をあげてフリッツを見ると、フリッツは不味《まず》いものを食べたあとのような顔をしていた。

葵への懸念。それは、セックスに関することだ。

毎晩、シモンが寝室で事に至ろうとすると、葵はいつでも少し戸惑った顔をする。なにか言いたそうに「シモンは……その、どうして」と呟《つぶや》いたりすることもある。

けれど押し倒せば素直にベッドに横になるし、口づければ眼を蕩《とろ》かせる。挿入すれば、葵の内部はシモンの性を悦《よろこ》び、魅惑的な肉襞《にくひだ》は奥へ奥へと誘うように蠢《うごめ》いて、葵は一晩で何度も達するのだ。その愉悦の表情は、昼間の清楚《せいそ》な様子からは想像がつかないほど淫らで、葵の体がシモンのためだけに作られているのではないか——と錯覚するほど、セックスの相性はいい。

「そういうことを俺に訊くなよ」

「そもそも、アオイを抱いてやれと言ったのはお前だ」

四ヶ月前はな、とフリッツはため息をついた。

「だけどお前がここまで旺盛だと知ってたら……さすがに躊躇《ためら》ったぞ。お前、毎晩だろ。回数が多すぎて、アオイは疲れてるんじゃないのか」

「平日は三時間以内に終わらせている。それにアオイはほぼドライオーガズムで、射精時に比べればさほどの疲労は……」

相手が医者なので淡々と言ったが、フリッツはわっと声を出してシモンの言葉を遮った。

「そういう話はやめろ」

想像しちゃうだろ、とフリッツが言い、シモンはムッとした。

「私の伴侶で不埒《ふらち》な想像をするのは許せないな」

「お前が言ったんだ、お前が」

フリッツは顔を赤くして呻《うめ》いた。もともと、葵のことを可愛《かわい》い可愛いと言っていた友人だ。思わず、シモンは疑惑の眼差《まなざ》しを向けた。「俺に嫉妬するな」と言われて初めて、胸に湧いているもやもやとした感情が、嫉妬だと気づく。

（なるほど、これが嫉妬か……）

そういえばこの感情は、葵がレティの面会に行く日にも同様に強く、シモンの心をかき乱している。

「昨日もしたのに……とか、言われてないか？　回数を減らしてほしいのかもしれないぞ。

アオイはお前ほど体力がないんだから。どっちにしろ、そういうことはちゃんと話し合え」

（夜になると、分かっていてもつい抱いてしまうのだが……）

と、言おうか迷って、シモンは言わないでおいた。言えばフリッツからはどうせ、呆《あき》れたような反応が返ってくるだけだろう。処理済みの書類をレターケースに入れると、シモンは「そうだな」と相槌《あいづち》を打つ。善は急げ、そして訊くのなら、昼間だ。自分が欲望を、抑えられる時間に。

シモンはそう思い、おもむろに立ち上がった。


執務室を出て、葵が日中過ごしている部屋に向かっていると、途中で空と出会った。

「パパっ、おしごとおわったのっ？」

空は後ろにナニーのリリヤと、飼い犬のレオを連れている。背中には幼稚園の黒い指定カバンを背負い、手にはなにやら四角い色紙を持って、シモンの元へ駆けこんできた。

「休憩時間だ。幼稚園は楽しかったか？」

抱きあげると、空は嬉《うれ》しそうにシモンに頬擦《ほおず》りした。子ども特有の甘い香りが鼻先にふわりと漂い、シモンは優しい気持ちになる。

空は先月から、街に一つだけある幼稚園に通っている。

空を同年齢の他の子どもたちと触れ合わせたい、というのは葵のたっての願いだった。

幼稚園には、ケルドア人だけではなく、海外の子どもたちも通っている。ケルドアには子どもが少ないので、ほぼ外国人と言っていい。親がケルドールで正規雇用で働いている場合のみ、外国人でも入園を認めているのだ。

本来なら少子化のケルドアには必要な施設ではないが、シモンはもう十年以上前から、この幼稚園にかなりの寄付をし、制服や指定のカバンに教諭の充実、セキュリティの強化などをはかってきた。おかげで、その施設の質の高さを目当てに、ケルドール勤務の親が子どもを入れたがるケースが後をたたず、幼稚園はいつも子どもがいっぱいで、活気があった。

それがまさか、自分の息子のために役立つ日が来ようとは……。やっておいて無駄なことはないものだ。議会の中には、唯一のグーティの子どもである空が、街の幼稚園に通い、外国人に混ざることに否定的な面々もいたが、あれだけ質の高い園ならば……と、なんとか理解を得た形である。

シモンは十三歳までケルドアの外を知らずに育った。できれば空には、もっと幼いうちから、「グーティを特別視しない」外国の子どもたちと触れ合わせたかったから、九月から園に通えるようになったときには、葵以上に嬉しかったものである。

空は日本で保育園に通っていたこともあり、すぐに友だちができたようだ。子どもには身分も、国の違いも関係ないのだろう。今も胸に抱いた色つきの紙を見せて、空は楽しげに園でのことを話してくれる。

「あのねー、これ折紙なんだよ」

「オリガミ?」

聞き慣れない単語に首を傾《かし》げると、日本の遊びだと空が言う。

「前にね、先生におはなししてたら、きょう、もってきてくれたの。そらがひこうきと船をおったら、みんなのぶん、みんながほしいって」

だからみんなのぶん、作ってくるね、って約束したの。と、空は声を弾ませている。

「みんなの分……」

と言うには、空が持っている紙は少ないようだ。どうするのだろうと思っているうちに部屋に着いたので、床に下ろすと空は部屋の扉を開け、「あおいーっ」と、中で待っていた葵に向かって元気よく走っていった。

「お帰り、ソラ」

葵はこぼれそうなほどの笑みを浮かべて、心底愛《いと》しげに息子を抱き締めている。愛情の滲《にじ》んだその仕草を見ていると、それだけで、シモンは胸がいっぱいになった。

顔をあげた葵がシモンに気づき、「シモン」と優しい声をかけてくれる。あとからリリヤと犬のレオもやって来て、部屋は急に賑《にぎ》やかになった。

「あおい、折紙つくれる？　しゅりけんがいいの」

空は早速、葵にせがんでいる。きょとんとした葵だが、空から事情を聞くと「それなら、もっと折紙がいるな。手裏剣は一つに二枚使うから」と微笑《ほほえ》んだ。

「どこかに売ってないか、執事に探させるか？」

シモンが訊くと、「大丈夫」と葵は言い、「イエット」とメイドに声をかけた。先の面談で、晴れて葵の部屋付きとなった彼女には、葵もすっかり心を許しているらしい。声には温かなものが含まれている。

「なにか、きれいな色や模様の紙をとってない？　贈り物の包装紙とか、そんなのでいいんだ」

イエットと呼ばれたメイドは、ニコニコして「それならハリスが溜《た》めこんでいるはずですわ。確認してきましょう」と部屋を出ていった。しばらく、彼女の顔を見ていなかったが、葵との関係は上手《うま》くいっているらしい。葵が午後を過ごす部屋には必ず空もいるから、それが張り合いにもなるのだろう。イエットは面談したときより、随分と若返ったように見えた。以前と違い、縮こまっている様子も見られない。

やがてイエットは、両手いっぱいに美しい模様の紙を抱えて戻ってきた。まあきれい、とリリヤが感嘆し、空は男の子らしく「ひこうきのもようある？」と探している。シモンは興味を惹《ひ》かれて、テーブルに寄った。

「……ソラの持っているオリガミと比べると、大きい気がするが」

気になって言うと、葵は「大丈夫だよ。見てて」と言って、空が幼稚園教諭からもらってきたという折紙を一枚とり、手持ちの厚紙を出してきて、それにあわせてきれいに型をとった。その型を紙にあて、鉛筆で印をつけていく。

「これを切れば折紙になる」

「あら、じゃあ鋏《はさみ》が必要ですわね」

戸棚に行きかけたリリヤに、葵が「なくて平気。こっちのほうがきれいに切れるから」と言って、包装紙に折り目をつけ、手で端と端を引っ張って、綺麗《きれい》に紙を切ってしまった。それを見て、思わず、というようにリリヤが拍手をした。

「とても器用ですのね」

「そうでもないよ。日本ではみんなやるんだよ」

葵が恥ずかしそうに言い、

「俺が切るから、リリヤとイエットは型をとって。ソラはできた紙を分けてくれる？」

と続けた。リリヤとイエット、それに空も一緒に、葵とテーブルを囲んで折紙を作りはじめる。十分たまったところで、今度は葵の折紙教室が始まった。

「たくさん作らなきゃいけないから、みんな協力してもらっていい？」

と、葵が言うから、リリヤもイエットも、葵の隣に座って手元を覗《のぞ》きこみ、一生懸命真似をしている。しかし慣れない二人には、紙の端と端を合わせるのも難しい様子だった。

それでも不格好ながら、ようやく手裏剣とやらが三つできあがった。空は一人で船や飛行機を量産している。

「まあ、できましたわ」

「あら、私も。ちょっと曲がってますけれど……」

「二人とも上手上手、じゃあ今のを繰り返しで……」

「いやだ。さっき作ったのにもう忘れてます」

「本当。暖炉を熾《おこ》すより難しいことがあるなんて！」

イエットもリリヤも少女のように笑いさざめいている。葵も笑い、もう一度やるから真似して、と二人に声をかけた。

窓辺に寄りかかり、その様子を眺めながら、シモンは一人不思議な感情に囚《とら》われていた。嫉妬ではない、喜びや悲しみとも違う、不思議な温かい感情。

それはたぶん、静かな感動だった。私たちだけじゃ足りませんわ、とイエットが言い、残り二人の部屋付きメイドも呼び出された。彼女たちも楽しそうに輪に加わり、葵を囲んで折紙を折っている。時々空が自分の折ったものを見せると、彼女たちはそのたびに笑い声をあげた。

（……母はこんなことをしたろうか？）

シモンは振り返ってみたが、記憶にはなかった。本来大公妃ならば、使用人と同じテーブルにつくなど、あってはならないことだ。だが葵は、無知からそうしているわけではない。葵は大公妃としての役目を十分意識しているが、国民から、自分がずっと下に見られていることを知っている。それにもうすぐ、ケルドア家は大公家ではなくなり、葵も大公妃ではなくなるのだ。

葵はすべて分かっていて、彼女たちをそばに寄せ、気さくに接しているのだ。

——俺は異例の大公妃だから、異例らしくするよ。

と、一度言われたことがある。そしてそれを、はしたないと責める気には、シモンはとてもなれなかった。

なぜなら部屋付きのメイドたちは、シモンが面談をしたときより、明らかに葵を好きになっている。それはその場で交わされる会話や雰囲気を通して、十分に伝わってきた。

「シュリケンてなんですの、アオイ様」

メイドの一人が訊ね、葵は忍者の武器だと教えている。

「暗殺道具だよ。ナイフみたいに、シュッと投げて攻撃するの」

「まあ怖い」

「暗殺だなんて」

メイドの一人が急に悲しそうにため息をついた。と、イエットがすかさず、
「もしそんな輩《やから》が忍びこんできたら、私がアオイ様の楯《たて》になりますとも」
と言い切り、他のメイドも「まあ、ずるいわ」「イエット、抜け駆けよ」と笑い合った。
リリヤが「あら、まあ、じゃあ私も……」と言いかけたとたん、一人黙々と折紙に集中していた空が「あおいはそらが守るからみんな、だめ」と顔をあげて、その場はまた笑い声に包まれた。それなりに年嵩《としかさ》のメイドが多いのに、その声はまるで娘のように若やいでいた。

（……アオイ。そうか、お前はこういう子なのか）

少しずつではあるが、それでもたしかに、葵はこの国を変えていっている。まずシモンを変えた。そして今度はメイドたちを、かつて彼女たちがそうだったかもしれない、優しい娘たちへと返らせている。

葵のなにがそうさせるのかは分からない。じっと耐えながら、一人こつこつと勉強を続ける姿や、誰にも公平に微笑を向けようとする強さか、あるいは、空やシモンに見せる愛情深い顔かなにかが、人々の心の中に入りこむのだろう。

シモンが、かつて葵に絆《ほだ》され、愛してしまったように。シモンにとって、葵は初めて愛や優しさを与えようとしてきた他人だったが、この城で働く使用人にとっては、恐らく初めての、〝慈悲深い〟大公妃なのである……。

それはもしかしたら、彼女たちの中に残っているかもしれない傷を——徐々に、癒しているのかもしれなかった。もちろん、憶測でしかないけれど。

——アオイでよかったのだ。

シモンはそう思った。自分のためだけではなく、国民のためにも。葵でよかったのだと。

手裏剣が二十個ほどできあがったあたりだろうか、ふと葵が顔をあげ、メイドの一人に耳打ちした。メイドはにこやかに立ち上がり、葵も折紙をやめて、シモンのほうへやって来た。

「ごめん。折るのに夢中になっちゃって……シモン、休憩時間だよな。今、飲み物持ってきてもらうから」

それをメイドに頼んだらしい。こんなときも、葵は「持ってこさせる」とは言わず、「持ってきてもらう」と言う。優しい性質が、言葉遣い一つをとっても表われていると思う。

「眺めていて……昔のことを思い出していた」

シモンが言うと、葵は「昔のこと？」と首を傾げた。橙《だいだい》と瑠璃色の、大きな瞳をぱちくりとさせる、その仕草がいかに可愛いか、本人は知っているだろうか——？

「テオとも……お前はこうして、いろいろと手作りで遊んでいたな。絵を描いてパズルにしたり、箱を使って小さな家を作ったり……」

「……ああ」

答えると、葵は優しい顔をした。テオのことを思い出しているのだろう。夏休みが終わり、テオは学校に戻っていったが、秋休みにはまた帰ってくると聞いている。

十八歳のころも葵は、テオといろんなものを作っていた。初めに濡《ぬ》れた本を直してくれたのだって、工作みたいなものだった。

「当時……テオがお前と作ったものを、私が夜に訪れるたび、嬉しそうに見せてくれた。初めはなにも感じなかったが……お前がテオのそばにいてくれてよかったと、ふと、思ったりした」

幼いころ、シモンにはそんな遊びを教えてくれる人はいなかった。

テオから葵と作ったものを見せられても、昔のシモンには意味が分からなかったが、今ならば分かる。葵が素朴な工作物を通して、テオに与えていたものは、きっと、愛のようなものだった。だから、シモンの記憶にも残ったのだろう。

葵は少し驚いたように、「そんなこと、思ってくれてたの」と呟いた。大きな眼が潤み、頰《ほお》にゆっくりと紅が差す。はにかむような笑みが可愛い。これはわりと、良い雰囲気ではないのか……と、シモンは思った。

「……アオイ。率直に教えてほしいのだが」

そっと声を潜め、シモンは切りだした。なあに、と葵はこれまた可愛い顔でシモンを見あげている。じっと言葉を待っている顔があどけなくて、シモンは胸が締めつけられるほど愛しく感じた。

「私との……夜の性生活で、不満を感じているのではないか」

ストレートすぎたのかもしれない。葵は顔をまっ赤にし、焦ったようにメイドたちを振り返った。

メイドたちは気にした様子もなく、和気藹々《わきあいあい》と談笑しながら折紙を折っている。リリヤも含め、彼女たちは全員ハイクラスだから、シモンの声はいくら潜めたところで聞こえただろうが、使用人とは主人の閨事《ねやごと》くらい知っているもの。それをいちいち他言したりもしないと分かっているから、シモンには気にもならない。だが葵は違うようで、「な、なに言ってるの」と小声でシモンを咎《とが》め、くるりとテーブルへ背を向けた。

「いつも行為の前に逡巡《しゅんじゅん》するだろう。夜には余裕がなくて訊けないだろうから、この時間に……」

そのまま言いたいことを続けると、葵は慌てて「シ、シモン……っ」と声をあげた。恥ずかしそうな顔が可愛いと思ったが、シモンは「どうなのだ」とさらに押す。葵はたじろぎ、うろうろと落ち着かなさそうに視線をさまよわせた。

「それは……逡巡っていうか、ただ……最初のときが、事件のすぐあとで……」

事件？

思わぬ単語が出て、シモンは眉根を寄せた。時期が問題だったというのだろうか？　けれど今はあれから随分経っている。

一体それのなにが問題なのだ、と言いかけたそのとき、部屋の扉が静かに開き、一度退室していたメイドが戻ってきた。ワゴンに、紅茶と珈琲《コーヒー》が載っている。

「あ、シモンはこのあとも仕事かと思って、コーヒーにしてもらったんだよ」

葵がパッと顔をあげ、下手な作り笑いで、逃げるように言う。おおかたこの話を続けたくないのだろう。ワゴンのほうへ行く葵を引き留めようとしたシモンだったが、突然、葵が「うっ」と呻いて、口元を押さえた。談笑していたメイドたちが、さすがに使用人だけあり、すぐさま気がついて席を立つ。けれどそれより、葵が部屋の隣に備えつけてある、トイレへ駆けこむほうが早かった。

追いかけたシモンは、一瞬ひやりとした。便器に顔を伏せた葵が、えづき、もどしていたのだ。

「アオイ！」

隣に跪《ひざまず》き、背をさする。イエットがいち早く「お医者様をお呼びします！」と言って、部屋を出ていき、リリヤは「あおい？　あおいどうしたの？」と不安がる空を抱き寄せて、「大丈夫ですよ」と言い聞かせている。他のメイドもタオルや着替え、水などを素早く用意している。

「大丈夫か。どうした？」

青ざめ、ぜいぜいと息をしている体を抱くようにして訊くと、葵は小さく呟いた。

「コーヒーの……匂いが……」

――匂い？

顔をしかめたシモンの後ろで、メイドの一人が「もしかして……」と囁《ささや》いたけれど、眼の前の葵が苦しそうなことに気をとられ、シモンはそれに気づかなかった。


「ご懐妊おめでとうございます。三ヶ月ってところだ。やったな！」

駆けつけたフリッツは、診察を終えると笑顔でそう言った。

葵は長椅子に腰掛け、シモンも横に座ってその体を抱いていた。

聞いた瞬間、シモンは理解ができなかったが、腕の中で葵がぎくりと体を強張《こわば》らせるのが、手のひらを通して伝わってきた。

リリヤに抱かれている空が、「ごかいにんてなに？」と心配そうにする。奥に控えていた三人のメイドは、声こそあげなかったものの、喜びを抑えきれないように顔を輝かせて眼を見合わせた。

「明日、市街の病院に来てくれ。きちんと診察するから。アオイは前回も、つわりがきつかったからな、今回もそうだろう。宿ってるのはほぼグーティで間違いない」

　カルテをパラパラとめくり、フリッツは「こんなこともあろうかと、スミヤから妊娠期間中のカルテを取り寄せといたんだ。備えあれば憂いなしだな」と、医者らしく、落ち着いた調子で言った。普段ふざけていることが多いけれど、フリッツはかなり腕のいい医者で、信頼できる。

「……三ヶ月。つまり、妊娠してるのか？　アオイが？」

　どこから、自分の声が出ているのかよく分からなかった。思考が一瞬で飛び、そして戻ってくる。それでも、腕の中で葵が小さく震えたことに気づけるほど、シモンはまだ冷静ではなかった。

（妊娠目的の情事は、していないが……）

　けれど毎回、一度は必ず女としての秘部に入れて、出していた。それが当たった、ということだろう。

（とはいえ一度に一回では、確率は低いものだと思っていたが……）

　驚いて固まっていると、フリッツが「本来、一度グーティを宿した相手となら、タイミングが合えばまた宿せる。相性の問題だから」と説明した。

「……そうか」

　ぽつりと呟くが、まだ実感が湧かない。けれど感情より先に、思考が働いた。

「つまり順調なら、あと七ヶ月……アオイの中にはグーティの子どもがいるのだな」

腕の中で、葵がぴくりと身じろぎする。

「公表は安定期に入ってからにするか？」

フリッツに訊かれたが、シモンは「いや」と間髪《かんはつ》を入れずに答えた。

「議会と城内にはすみやかに知らせよう。一般市民には、特別知らせなくていいが、特に伏せなくて構わない。グーティを身ごもっていると知れば、アオイに良からぬことを考える輩《やから》はいなくなるはずだ。妊娠が分かるのは、かえって都合がいい——」

そのときだった。抱いていた葵が振りむきざま、シモンの頬を打ったのは。

（なんだ……？）

たいして、痛みはなかった。けれど葵に叩《たた》かれたという事実が、ショックだった。いつも穏やかな彼の行動とは思えず、つい、気でも触れたのかと思い、葵を見下ろす。

驚いたことに、葵は涙ぐんでいた。普段なら絶対にしない、怒りを露《あら》わにした表情で、わなわなと震えている。

「やっぱり……っ、やっぱり！　そのために俺を抱いてたのかよ！」

久しく聞いていなかった乱暴な言葉遣い。こういうとき、彼が男だとシモンは思い出す。なんのことだか分からず見つめていると、葵の眼には見る間に涙が盛り上がった。

わっと泣きだし、葵は立ち上がると走って隣室に駆けこんでしまった。ガチャンと音がしたので、シモンはやっと、葵が内側から鍵をかけたのだと気づく。

「アオイ……！　ど、どうした！」

頬を打たれたのだから、たぶん、原因は自分だ。だがまったく理由が分からなかった。

慌てて隣室の扉をノックしたが、中からは嗚咽《おえつ》する声と、「ごめんなさい」という葵の涙声が漏れ聞こえてくるだけだ。

「ごめん……一人にして……」

マタニティブルーというものか？　と思ったが、恐らく違うだろう。助けを求めるようにフリッツを見たが、呆気《あっけ》にとられているのはフリッツも同じだった。

今度はリリヤと空を見る。リリヤは分からない、というように首を横に振った。空には「あおいどうしたの？　パパ」と、不安げな眼で訊かれ、さらにシモンは焦った。メイドの三人も当惑顔だ。

「よし、俺たちは外そう」

いち早く混乱から回復したのはフリッツだった。立ち上がり、フリッツはパン、と手を打って、その場の視線を自分に集めた。

「どうやらこの二人、なにかすれ違っているようだから。リリヤ、イエット、どこかでお茶を用意してくれないか？　性モザイクの妊娠出産について、ちょっといろいろ気にかけてほしいことがある。きみらには全力のサポートをしてもらうから、相談したい」

シモンは是《ぜ》とは言わなかったが、リリヤもメイドたちも、フリッツに従ったほうがいいと判断したらしい。葵のために、自分たちにできることがあるならなんでもやる、という気概もあるのだろう。彼女たちが空も連れて部屋を出ていき、扉が閉じられると、シモンはついに取り残されてしまった。出ていく直前、フリッツが口の動きだけで、

——ちゃんとしろ。お前のパートナーだろ。

と、言ったのが分かった。

（ちゃんと、とは……）

シモンはしばらくの間、困り果てていた。扉の向こうからは、まだ葵の泣き声がする。その声を聞いているだけで、胸が引き裂かれそうなほど辛くなる。

「……アオイ。泣かないでくれ。子どもを産むのが……いやなのか？」

お前がどうしてもいやだというなら、堕《お》ろしてもいい——と、言いかけて、シモンはそれを口にできなかった。

今になって、子どもができている喜びが、じわじわと胸に迫ってきている。空一人で十分だと、心から思っているが、それでも新しい命が葵の中で芽吹いたと聞けば、愛おしくも、惜しくもなった。今度こそ、最初から最後まで、葵と子育ての苦楽を分かち合いたいという、欲も出てくる。

扉の向こうの葵は何も答えなかったが、返事がないということは違うのかもしれない。

頬を叩かれた直後、葵はなんと言っていただろう？

――やっぱり……っ、そのために俺を抱いてたのかよ！

（やっぱり？　そのため？）

なんのためだ。シモンは葵が愛しくて、欲情するから抱いていただけだ。ただシンプルに、抱きたくて抱いていた。そこには特に、大きな意味はなかった。

けれど……と、思考を巡らせる。今日、葵に「性生活に不満があるのか」と訊ねたとき、葵が言いづらそうに口にしたのは、なんだっただろう。

――それは……逡巡というより、ただ……最初のときが、事件のすぐあとで……。

「……」

シモンはしばらく固まり、それから不意に、ある推測に至った。まさかそんなことが？　と思いながらも、そうとしか思えず、「アオイ……もしかすると、だが」と、自分でも煮え切らない口調で切りだした。

「よもやお前は……私が、子づくりのために毎日抱いていたと思っていないか？　だから、あの事件のあとから、お前を抱き始めたと……そう、思っているのか？」

扉の向こうで、しゃくりあげる声がする。やがて小さく、「違うのか？」と、声がした。

――だってそうだろ。お前に、他の理由なんてない。

決めつける言葉が続く。とたんに、シモンは腹の奥から、急速に熱い怒りが突きあげてくるのを感じた。

「バカな！　そんな理由で、毎晩毎晩、猿のように欲情できるか！」

自分でもどうしてか分からないくらい、腹が立った。

怒鳴るのと同時に、鋭い糸を鍵穴に差しこんでいた。ほとんどドアノブを破壊するようにして扉をこじ開け、バン！　と音をたてて無理矢理開けると、泣き濡《ぬ》れた顔の葵が、呆《ぼう》然《ぜん》とその場に突っ立っていた。

その顔は憐れで、可愛かったが——今は怒りが勝《まさ》っている。

「お前を愛している！　他にどんな理由がある⁉」

薄い肩を摑《つか》んで怒鳴ると、葵は飴玉《あめだま》のような眼を、大きく瞠《みは》った。

「こんなにも愛しているのに、なぜお前をまた、道具のようにしたと思うのだ！　私はお前に心酔している……なのにお前は、私がべつの目的のために、お前の体を欲したと思っていたのか⁉」

ひどい屈辱だ。三ヶ月半を優に超える情事の、愛の仕草のすべてを、七年前、葵にしたのと同じような道具扱いと一緒にされていたなんて、ショックだった。あのときとは、なにもかも違うように抱いている。葵だって自分に愛を返してくれている。セックスの間、深く心まで繋《つな》がっているはず——互いに、愛し合っているはず。

そう思っていたから、余計にシモンは苛立《いらだ》った。

けれど次の瞬間、不意に頭が冷えた。

「……でも。だって。シモン、一度も俺を好きだって……愛してるなんて、言わなかったから……」

葵が、切ない声でそう言ったからだ。聞いたとたんに、怒りは急速にしぼんでいった。かわりに、額にじわっと汗が浮かんだ。

「俺が好きだって言っても……ああ、って言うだけだから、シモンは、違うんだって」

葵は大きな眼から、涙をこぼしている。

そういえば、頭の中では何度も愛しいと、愛していると思っていたのに、口に出したことはなかったたと、シモンは今さらのように気がついた。

愕然《がくぜん》とした。普段の冷静さも、この事実の前にはさすがになりを潜め、シモンは思わず上擦った声で弁解を始めていた。

「……待ってくれ。謝罪させてほしい。……私はお前を想っているから、抱いていた。本当だ、初めからだ。嘘《うそ》ではない」

自分でも、顔が青ざめ、情けないほどにうろたえているのが分かった。これは本当に自分なのだろうか、と思ったが、じっと見あげてくる葵の両眼には、たしかにおろおろとしている、シモン・ケルドアの姿が映っている。

「今さら言っても……信頼を得られないかもしれないが、しかし……内心では常に、思っていた。本当だ。お前を抱いた初日から、ずっと、ずっとだ。好きだと言われて答えなかったのは、最中は……その、夢中で」

——白々しい。言い訳が女々しい。

シモンは困り果てて、言葉をなくした。これではあまりにも無様《ぶざま》だ——。

(私は愛について、こんなにも……稚拙だったのか……)

恥ずかしくて、とうとううつむいたときだった。小さく、葵が笑う気配があった。顔をあげると、葵の眼からは涙が退《ひ》いていた。その顔にはこらえきれないような、それでいて少し困ったような笑みが浮かんでいる。

「……ごめん。でも、シモン……嘘でしょう？　俺に言い忘れていたの……？」

「……ああ。そうだ。言い忘れていた……というより、言ったつもりだった……」

「——シモンがこんなに喋《しゃべ》ること、あまりないね。……本当なんだ」

葵の丸い頬が、じんわりと赤くなる。可愛い顔だ。これはどうやら許されたらしいと分かり、シモンはホッとした。同時に今を逃してはならない気がして、「そうだ」と言い募った。

「そうだ、私はお前を……本当に、心からお前を」

葵の両手をとり、きつく握りしめる。一歩進んで体を密着させ、シモンはその先を言おうとした。

愛している。

先ほど一度、どさくさに紛れて口にしたはずの言葉は、改めて言おうとすると、喉につかえて、すぐには声にならなかった。

不意に今まで感じたこともないような動悸《どうき》で、胸が震えた。緊張で、体が強張る。

どうかこの気持ちを、この言葉を、受け入れてほしい。もしも受け入れてもらえなかったら、自分はきっと深く傷ついてしまう。

愛と恋の前では、人はこんなにも臆病になるのかと初めて知った。

愛。長い間拒絶し、認めなかったものを、今己の口で、はっきりと言おうとしていることにも戸惑いがあった。

それでもシモンは息を吸いこみ、自分のためではなく、眼の前のたった一人のため、ただ一人を失わないためだけに、口にした。

葵のため。葵を、喜ばせるため。

葵と、生きていくために。

「愛している。……お前を。アオイ、愛している……心から」

声はわずかに震え、葵は眼尻に涙を滲ませた。「うん」と頷《うなず》き、手を解くと、葵は背伸びをして、シモンの首に腕を絡ませてくる。小さな体を抱きとめると、首のところで、くぐもった声が聞こえた。

「俺も。……愛してるよ、シモン」

その返事に、深い幸福感で心が満ちていく。己の愛がきちんと受け取られ、包みこまれて、もっと大きなものになって返されたような気がした。

「……すまなかった」

知らず、謝罪が口をついていた。心底から、そう思った。こんなにも勇気を出して、葵が何度も伝えてくれていた愛の言葉に、シモンは七年間、一度も応えてこなかったのだ。

けれど葵は小さく笑い、「もういいよ」と答える。

「……ほんとは、子どもも、俺も嬉しい」

やがて幸せそうな声が続いた。嬉しいと言ってくれる葵が、胸が引き絞られるほど、愛おしかった。

そうして切なかった。シモンはもう一度すまなかったと言い、葵は何度もいいのにと笑ったが、そうではなかった。

七年分。出会ってから今日まで。葵を物のように扱ったことや、ケルドアから追い出したこと。葵が一人ぼっちで空を産み、育ててくれた数年間。そのすべてに対して、シモンは謝罪した。その七年のすべてに、愛しさと、切なさと、すまなさを感じた。長く長く、葵を傷つけてきた——そう、思いさえした。

それでもなお、今ここで抱き合っている幸福にはかえられない。葵を手放すことはもうできないのだという……身勝手な感情に気がついて、それが恐ろしかった。

子どもができて嬉しい。その嬉しさと同じくらい、葵を離せない理由が増えていくのが、怖い。これが愛か。

（これが、愛なのだな……）

と、思いながら――シモンは葵を抱く腕に、強く力をこめていた……。


空を迎えにいかなくていいかな、と葵が言い、少しくらい待たせても罪はないだろう、とシモンは答えた。

二人きりの昼下がりの部屋には、太陽がうららかに差しこんでいる。

シモンは葵と寄り添って長椅子に座っていた。二人の手はしっかりと握られ、葵は寄りかかるようにシモンの胸に小さな頭を凭《もた》れさせている。

「……無事に産まれるといいな」

「きっと産まれる」

他愛《たあい》のない会話を、まるで昨日結婚したばかりの若い夫婦のように囁き合う。なぜだか無性に、今の時間が甘ったるく、幸せだった。

「……ソラはお兄ちゃんになるね。喜んでくれるかな」

心配そうな葵に、大丈夫だろうと無責任に言うと、「子どもには、赤ちゃん返りっていうのが、あってね」とちょっと不服そうに言われる。そんな葵の自然な表情や声音が、なにもかも可愛いと、シモンはつぶさに眺めながら、満ち足りた気持ちだった。

そんなことより、とシモンはじゃれあいじみた葵の不満を遮り、

「子どもは嬉しいが、一つだけ問題がある。――しばらく、セックスができない」

大まじめに言ったのだが、葵はとたんに赤い顔になり、じとっとシモンを睨《にら》みつけてきた。もう何度も交わっているのに、初心《うぶ》な反応が可愛いと、シモンは小さく笑った。

「なに言ってるの。もう……」

「死活問題だ」

「シモンがそんな冗談言うなんて……」

まっ赤な顔で、落ち着かなさそうに膝をもぞもぞとさせていた葵は、「フリッツが、大丈夫って言ったときなら、いいよ」と、か細い声で許してくれた。もちろんそれはとてつもなく嬉しい申し出だったが、子どものためなら数ヶ月の我慢は、シモンにだってできる。それでも自分を想ってくれる葵の譲歩が嬉しくて、シモンは葵の黒い猫っ毛を、優しくかき混ぜた。

(思えば……アオイは私しか、知らないのだ)

十四のころから、子作りに明け暮れていたシモンと違って、葵はシモンにしか抱かれた

ことがなく、たぶん、この先も他の誰も知ることはないだろう。

たった十八歳の、無垢《むく》な魂のままここへやって来て、シモンと愛し合おうとしてくれた……その葵に、今たとえようもない愛しさを感じている。

シモンはそっと葵の手を取り、その甲に口づけた。じっと眼を見つめ、長い間思いつきもせず、言うこともできなかった言葉をつむいだ。

今日を逃しては、またずるずると言えなくなりそうだ。

「──ソラを産み……育ててくれたこと、感謝している」

伝えた言葉に、葵が驚いたように眼を瞠る。

「──七年前、私のもとに来てくれ……私を愛そうとしてくれたこと。ソラを産み……たった一人で、苦労して育ててくれたこと。……また、戻ってきてくれたこと。感謝している」

すまなかった。ありがとう。

そっと言うと、葵の眼が潤み、その唇が静かに震えた。言葉はなく、葵はただ小さく、吐息を漏らした。首を横に振り、葵は違うよ、と言った。

「ありがとうは、俺の言葉だよ。……お前を愛して、ソラを産んで。……俺はずっと、幸せだったから」

──幸せだった。お前を愛せたから。

と、葵は言った。

その頬を両手で挟み、顔をあげさせると、葵は優しく微笑んでいた。

「愛も情も……意味があったのだな」

気がつくと、そんな言葉が出ていた。憑《つ》きものの落ちたような、柔らかな声。自分にも、こんな声が出せたのかと思う。葵の眼に映るシモンの顔は穏やかで、静かな笑みを湛《たた》えていた。

「――お前と生きていくために……愛と情は、必要だった」

今でもシモンは、愛や情が恐ろしい。

優しさと甘さの奥底に、暴力的なまでの破壊性を孕《はら》んだ、愛。美しいとはとても思えない。

けれどそっと、体を傾けてくる葵を抱き締め返すとき。その小さな唇にキスをするとき。

胸が痛いほどに震え、計り知れない幸福感とともに、まだ生きていけると思えるのは、そこに愛があるからだ――。

シモンは抱き寄せた葵の唇を、何度も啄《ついば》んだ。

「……あの、シモン」

口づけの合間に、どこかおずおずとした様子で、葵が切り出す。優しく見つめ返すと、葵はこんなおねだりをした。

「あの海に……また、連れていってくれる？　来年も……再来年も。できれば、毎年」

あてのない未来を、けれどささやかな約束でもって繋ぎ止めようかとするように、葵の願う声には、切実な響きがある。シモンは微笑み、そうしてはっきりと答えた。

「ああ。誓おう」

とたんに、葵は安心したように笑みを浮かべた。

柔らかな午後の陽射《ひざ》しが、窓から二人を照らし出している。扉が開き、空の明るい声がした。

「あっ、パパとあおいっ、なかなおりしてるっ」

恥ずかしそうに自分から離れようとする葵の手を、シモンはぎゅっと握って肩を抱いたままにした。無邪気に飛びついてきた空を、葵と二人で抱きとめると、ついてきたメイドたちやリリヤ、それからフリッツから笑いが漏れた。

廊下の向こうからはバタバタと足音がし、「ご、ご懐妊ですと」と、聞いたこともないような、慌てた執事の声がしている。

城に差しこむ陽射しは、もうすぐ冬とは思えないほど暖かい。

次に生まれてくる子どもは、夏生まれになるのだ。無事に生まれたら、葵と約束したとおり、きっと海へ連れていってやろう。

人がどんどん集まってきて、賑やかになっていく部屋の中で、シモンはそんなことを、意味もなく考えていた。

今は世界中の幸福が、葵とシモン、二人の頭上に集まって、降り注いでいるようだ――。

けれどその感傷的な想像があまりに自分に不似合いで、恐ろしく、同時に幸福で、シモンはなぜだか、泣きたいような気がした。

あとがき

みなさま初めまして。またはこんにちは！　樋口美沙緒《ひぐちみさお》です。

『愛の在り処に誓え！』を読んでいただき、ありがとうございます。この本は前作『愛の在り処をさがせ！』のその後のお話ということで、連作短編の形をとらせていただいています。……いやはや。まさか本として出していただけるなんて、言葉にならないほどの感謝でいっぱいです。

前作の後書きに、これはその後を書かないと終われない、みたいなことを書いたと思うのですが、実は勝手にこの本に収録された一章を書いて、あるので載せてください！　と頼み込んで、電子で配信していただきました。その間にも、みなさんから続きを読みたいという声が、編集部さんにたくさん届いていたとのことで、なら、本にしましょうか、と言っていただけたのです。

だからこれは、みなさんのお声のおかげで出せた本です。許してくださった編集さん、出版社様もありがとうございます。

シモンが恋愛感情を自覚するには一年以上かかりそうだなーと思って書いて

いたのですが、途中で予想外の展開が起こり、私も「あっ、そうなの⁉」と思いながら付き合いました。

でもようやく、葵《あおい》はシモンと、本当の恋ができたのかなーと思い、書かせていただけてよかったです。ホッとしました。

シモンは今までにいないタイプの攻めで、わりと可愛いというかピュアというか……。なんだか百合みたいな二人ですね、と担当さんにも言われたのですが、そうだなあと思います。百合みたいな男の子たち好きなので書けてよかったです！

テオや翼《つばさ》も、もっと出したかったのですが、なかなかそうもいかず……。でもテオにもきっと良い人が現れると思います。翼もきっと、元気なうちは顔を出すだろうし、葵も日本へ里帰り？　するでしょう。

とにかく、それなりにみんな幸せにやっていくはずだと思って、私も安心しています。シモンはだんだん攻め力が増しそうなので、子どもたちが大きくなるころが一番葵は大変かもしれませんね（笑）。

そんなこんなで、このムシシリーズも七冊目になりました。すごいなー。

前作の後書きで言っていたのですが、できればそろそろ、真耶《まや》先輩について書きたいのですが……。編集部さんがいいよと言ってくださったら、書きます。

よくこのキャラの話はないのですか、という質問いただきますが、私は脇キャラの隅から隅まで、カップリングを考えてあるので、名前さえついていれば書くことはできます。ただ需要があると分からないと書かないので、もし読みたい脇キャラがいたら、よかったら編集部経由でメッセージなどくださると嬉しいです！

さて、いつも素敵なイラストを描いてくださる街子《まちこ》マドカ先生。何度も言っていることですが、先生の華やかな絵あってこその世界観です。いつもいつも想像を超えるイラストを、ありがとうございます！

毎度私のマネージメントに、カウンセリングにと、編集以外の仕事をたくさんしてくださる担当さん。担当さんが面白かったと言ってくれると、もう大丈夫、と思って安心して世に送り出せます。ありがとうございます！

そして一冊の本を生みだすまで、支えてくれる家族と友人。

たくさんの励ましと元気、勇気と、立ち上がる気力をくださる読者のみなさま。いつもありがとうございます。少しでも楽しんでいただければ嬉しいです。

樋口美沙緒

愛の在り処は今もまだ

「ロイ、サフィ、おいで！　シエルにエメルも」

十一歳の空《そら》がそう呼びかけると、四人の弟たちはそろって、はあい、と声をあげた。

季節は夏。ここはケルドア元大公の一家が毎年訪れる、海辺の別荘地だった。

葵《あおい》は自分が産んだ五人の子どもたち——長男の空、五歳のロイ、四歳のサフィ、三歳になったばかりの双子、シエルとエメルが、まっ白な砂浜を元気よく下りていくのを眺めながら、思わず眼《め》を細めていた。お約束のように、そこには大学生になったテオと、まだ元気いっぱいの愛犬レオの姿もある。

青い空と海を背景に遊んでいる、六人と一匹は、葵の幸せそのものの姿だ。

（あとどのくらい、この光景が見られるんだろう……）

ふっと、そう思う。子どもを五人産み、育て、あっという間に葵は三十歳になった。性モザイクとしてのホルモンは安定しているが、このごろでは、よく体調を崩す。

伴侶であるシモンは、それを分かっていていつでも気にかけてくれるし、葵も気をつけようと思うものの、あまりに美しく、愛《いと》しい景色を眺めていると、まるでこれが夢のようで、もうこの世に思い残すことはないような……そんな気持ちになる。

「アオイ、休んでいていいのだぞ。ここの準備は私がやるし、すぐにリリヤも来るのだから。子どもたちは、テオとソラが見ている」

パラソルの下にチェアやビーチタオルを用意していた葵は、そばでフローティングマットに空気を入れているシモンから、そう声をかけられた。出会ったころと同じように美しい顔立ちに、均整のとれた逞《たくま》しい体つきのシモンは、いまや海遊びにもすっかり慣れ、「父親」ぶりも板についた。自分も同じように、「お母さん」が板についているのだろうか……と思いながら、葵は微笑《ほほえ》み、平気だよ、と返した。

「それにソラは、そろそろ泳ぎに出たいんじゃないかな……」

二人めの子どもが生まれたのは、空が六歳のときだった。それから三年続けて身ごもり、葵のこの七年はそれはもうめまぐるしい日々だった。

そんななか、空が弟たちを可愛《かわい》がってくれることには助けられた。今も次男と三男の手をひきながら、まだまだ小さな双子を振り返っては、何度も声をかけている。その双子は、後ろから来たテオに抱き上げられて、きゃあきゃあと笑い声をあげて喜んでいた。六人と一匹が波打ち際から海の中へと入っていったので、葵は空に向かって大きく声を張りあげた。

「ソラ、沖には行っちゃダメだよ。流れが速いから。パパが行くまで浅瀬で遊んでて」

子どもは全員がグーティ・サファイア・オーナメンタル・タランチュラだ。みんな、三歳まで無事大きくなり、葵はこのところ、ようやくホッとしていた。

絶滅かと思われていたグーティの子どもが、五人も育ったおかげで、国民からの葵の評価はこのごろすっかり様変わりしていた。葵は奇跡を起こした。きっとあの方は神の使いだと、彼らは噂《うわさ》しているが、それは、居心地の悪い賛美だった。葵にとってはただ、ごく普通に暮らした結果で、運が良かっただけだからだ。

そんなおめでた続きのケルドアで、大公制度が正式に廃止され、共和制が始まったのはほんの一ヶ月ほど前のことだ。

それは別段政治的、経済的事情があってのことではなく――。なんというのか、ようは、国民の願いをシモンが無碍《むげ》にできなかったというだけの理由である。

「まあ、仕方ありませんわ。ケルドア国民としては、最後に生まれた奇跡の双子、シエル様とエメル様が三歳になるのを見届けたいと思うものですもの」

リリヤには笑って言われたが、葵もそれはそうだと思う。そして先日双子が誕生日を迎え、国をあげてのお祝いも終わったので、ケルドアはようやく、共和国となったのだった。

これまで大忙しに働いてきたシモンはというと、やっと肩の荷が下りたとばかりに、今日から二ヶ月、一切の仕事を放り出して休暇をとっているのだ。まずは毎年訪れている海辺の別荘へ、家族や使用人を引き連れてやって来たというわけである。

子どもは元気なもので、水着に着替えると早速《さっそく》海へと繰り出した。

五歳のロイと四歳のサフィは空を取り合っている。双子は波打ち際に下ろされると、テオの足にしがみついて、こわいこわいと騒いでいる。

ところが、空は海に入ると弟の面倒をみることより、泳ぎたい欲が勝るところがある。幼いころは可愛らしかったが、十一歳ともなると、さすがはグーティの子どもで、空はもう体つきも大きく、ロウクラスのテオとさほど背丈も変わらず、大人びていた。

案の定、空は五分もすると浅瀬に飽きて、

「ロイ、サフィをみてて、兄さんは泳いでくるから」

と言って、ロイをいじけさせた。ソラずるい、サフィのおもりなんてやだ、サフィは赤ちゃんなんだもん、とロイが言い、言われたサフィは頰《ほほ》を膨らませた。サフィは赤ちゃんじゃない、もう四歳だよ、と反論して、ロイを突き飛ばしたものだから、そこから兄弟ゲンカが始まって、あれよあれよという間に二人は泣き出した。

一日に、五回は兄弟ゲンカをし、毎日誰かが泣いているのだ。葵はもう慣れていて、あ、またか、と思いつつ、荷物の整理をあとまわしにする。「私が行くぞ」と言うシモンに「大丈夫」と声だけかけて、熱い砂浜を走っていくと、とりあえず大泣きしているロイとサフィの前にしゃがみこんだ。

「ロイ、サフィ。泣かないの。今のはどっちも意地悪だったよ。それにソラも。沖には行かないでって言ったのに。シモンが来るまで待つって約束だろ」

甘え上手なロイは、泣きながら葵の胸に飛び込んでくる。意地っ張りのサフィはぷいっとそっぽを向き、眼に涙を湛《たた》えて無言だ。葵はため息をついて、サフィも抱き寄せた。上と下と一年ずつしか離れていないからか、サフィは一番甘えるのが下手だ。そんななか、もう大きい空は、一応「ごめんなさい」と謝ったものの、沖を見つめてそわそわしていた。

「でもアオイ、父さんはマットを三つも持ってくるんでしょ？　待ってる時間がもったいないんだもん。……泳ぎに行っていい？」

素直なところは、幼いころから変わっていないが、少年らしいわがままな一面もある。しかし五人兄弟の長子であり、四歳まで父を知らずに育ったわりに、空がひねくれもせず、わがままが言えるように育ってくれたことに、葵は安心していた。

だから、くどくど怒ることもできない。結局は苦笑して、仕方ないなと許してしまう。すると、空は「やった！」とはしゃぎ、嬉々《きき》として海の中へ入っていった。

「ソラ、すごーい」

抱き上げたロイとサフィが、どんどん沖へ泳いでいく兄を見て、感嘆の息を漏らす。双子もテオに抱いてもらい、空に手を振っている。潮風が頬《ほほ》にあたり、葵はじっと、遠ざかっていく空の姿を目で追っていた。水に潜って消えた空が、またすぐ海面へあがってくるのを見るたびに、ホッとした。

「ソラは泳ぎに出たのか」

いつの間にか、フローティングマットを抱えたシモンがやって来ていた。ロイが早速、パパに抱っこをねだっている。シモンは海に浮かべたマットに子どもたちを乗せてやりながら、

「そこで見ているのか？」

と、葵に訊《き》いた。

「心配だもん。入り江の向こうは流れが速いし」

シモンには、すぐパラソルの下へ戻れと言われるかと思ったが、返ってきたのは思いがけない言葉だった。しばらく沈黙したあと、そうか、と呟《つぶや》き、シモンは「見ていてやるといい」と続けた。

「沖に出ると、浜辺は意外に遠く見えるからな」

シモンが兄さんに追いつこう、と提案すると、弟たちは声をあげて喜んだ。シモンとテオがマットをひいていくのを、葵は波打ち際で突っ立って見ていた。

やがて空は、岩礁の手前で頭を出し、立ち泳ぎで葵に手を振った。視界を遮るものがなく、青空は丸く見える。その下で、空はいかにも小さく見えたけれど、葵にはその笑顔までがくっきりと浮かび上がって見えた。

子どもの無事にホッとして、葵は空から見えるように、満面の笑みで大きく手を振り返した。

「あ……、あ、あ、あ、だめ、シモン、あ、い、いっちゃう……」

甘い声が薄暗い寝室に響いている。

午前中いっぱいを海で遊んだ子どもたちは、昼食をとるや、空も一緒にみんなそろってぐっすり眠ってしまった。葵とシモンも寝室に引き上げたけれど、長い休暇の初日というせいもあってか——それとも、このところ忙しくて、まともにできなかったせいか、シモンはベッドに入るやいなや「いいか……？」と色っぽく訊いてきて、葵はそれに、十八歳の、恋心を自覚したばかりのころのようにときめいてしまって、どうしても拒めなかった。急いでひいたカーテンの隙間からは、晴れた空が見えて、葵はなんだか少しだけ悪いことをしている気分だった。

ついさっきまで「お母さん」をしていた自分なのに、シモンに抱かれていると、それを忘れるくらいの官能に流されてしまう。男なのに女にされているような、そしてそのことに興奮しているような、仄暗《ほのぐら》い後ろめたさがあった。

それでもシモンに触れられると体はぐずぐずに溶けていき、心臓は激しく打つのだ。

シモンだって、普段は冷静な公人として、あるいは子ども想いの父親として、いかにも色事などには関心がなさそうな顔をしているのに、この七年の間、お腹《なか》に子どもがいないときは、時間さえあれば葵の体を求めてくる。そしてそれが、葵にはどうしようもなく嬉《うれ》しい。だからこそ、体力の限界を感じても、ほしいと言われればすべてを委ねてしまうのだった。

(俺、シモンにすっかり骨抜きにされてる――)

と、葵は思う。実際今だって、ほんの一時間の間に、葵はもう数回は達していた。陰部からはとぷとぷといやらしい蜜が溢《あふ》れ、後孔も同様に濡《ぬ》れて、シモンが後背位で穿《うが》つたびに淫猥《いんわい》な音をたてていた。

「あっ、あ、あ、ああっ、シモン、も、もうよしてぇ……」

悦楽がすぎて泣いている葵に、けれどシモンはやめるとは言わない。

「駄目だ、久しぶりにお前を抱く。……もう少し、味わってから。いいだろう?」

普段優しすぎるくらい優しいシモンだが、情事に関しては、箍《たが》がはずれたように止まらない。それを困ると思えないのだから、自分も同罪だと葵は思っている。子どもは可愛いが、何日でもシモンと寝室にこもって、恋人同士のような、甘い時間を過ごしていたい。

そんな欲求が腹の底にあって、淫らな自分が恥ずかしくなる。

奥のいい場所を何度も擦られると、葵は枕を抱いて、「あ、ああ、あん、あんっ」と喘《あえ》

いだ。シモンの大きな手が胸をまさぐり、乳首をつまんでぎゅうっと引っ張る。すると、体に電流が流されたようで、

「あああー……っ」

葵は唾液までこぼしながら、びくびくと達していた。

「可愛い私のアオイ……。抱けない間は、恋しかった」

こめかみに優しくキスされると、嬉しくて、後ろがきゅうっと締まった。涙眼でシモンを振り返ると、そっと唇を重ねてくる。シモンはまた、「私のアオイ」と言った。それはケルドアにやって来て、肌を重ねるようになってから一年ほどして、シモンが閨《ねや》でだけ口にするようになった口癖だった。以前ならけっして聞くことはなかったこの手の睦言《むつごと》を、いつからかシモンが語るようになり、それを聞くたびに葵は痺《しび》れるような喜びを感じた。

「休暇の間は、毎晩でもお前を抱ける……」

嬉しそうに言いながら、ゆるゆると腰を動かすシモンに、再び性感が高まり、「あ、あ」と葵は甘い声を漏らした。頭の隅で、さすがに六人めができたらどうしよう、と考えたけれど——それよりも、二ヶ月も休暇があることや、その間シモンにたっぷり愛してもらえることが嬉しい、と思ってしまった。今この時間だけは、シモンは父親でも元大公でもなく、葵も母親でも元大公妃でもない。二人はシモンと葵。ただの恋人同士なのだから。

「ソラがあんなに泳げるようになってたなんて。グーティの十一歳はすごいな……」

情事のあと、葵は眠気を感じながら、シモンの腕に抱かれて他愛《たあい》のない話をしていた。

「お前が十一歳のころは、ソラと違ったか？」

「周りのハイクラスについていけなくて……体育はいつも見学だったよ」

海辺の別荘へは、毎年、家族連れで来るのがケルドア家の恒例だが、今年は休暇が二ヶ月もあるので、ここを拠点に船で海外に出たり、山にもキャンプに行こうと、いろいろ楽しい計画を立てていた。休みが長すぎて、その間子どもたちに会えないのは淋《さび》しすぎますと、葵付きのメイドたちもみんなついてきた。

とにもかくにも国民全員が、グーティの子どもたちに夢中なのだ。が、シモンは「使用人たちは、お前にも夢中なのだぞ」と、葵に言う。葵はまさかと笑ったけれど、サフィを身ごもったころから、シモンはハッキリと、「やきもち」を妬《や》くようになった。

家庭教師や慰問先の相手、はてはメイドや執事にまで、シモンは嫉妬することがある。昼間はおくびにも出さないが、夜、二人きりになると「あれはお前に横恋慕《よこれんぼ》しているのではないか？」などと急に言いだすので、葵はいつもびっくりするやら、嬉しいやらだった。

七年かけて、シモンの情操はたしかに育ち、それが口からも出るようになったからだ。

シモンとするセックスはもちろん好きだが、そのあとに交わす、こうした睦言がもっと好きだと葵は思っている。普段聞けないシモンの可愛い本音が、それも、きっと葵しか聞くことはない言葉が、いくつも出てくるからだった。これこそ伴侶の特権だと思う。

「ソラはもう十一歳だからな。……十四にもなれば、グーティの子は大人同然だ」

そうだね、と返しながら、葵はシモンが十四歳から、国のために子作りをさせられていたことをふっと思い出した。思わずシモンの顔を見ると、シモンは天井を眺めていたが、その青い瞳にはなにか遠くを見るような、淋しげな色があった。

――十一歳のとき、シモンは……どんな子どもだった？

あるいは、十四歳のときは。

そう思ったけれど、口にはできなかった。

「……ううん。十四でも、まだ、子どもだよ」

かわりに、シモンの胸の音を聞きながら、葵はそっと言った。

「大人だけど……子どもだ。まだ、親が心配しても、いい年だよ」

シモンはしばらく、返事をしなかった。けれどややあって、葵の肩をぎゅっと抱き寄せて、そうだな、と呟いた。

「ソラが行かないって言うまでは、これからもみんなで海へ来ようよ」

「ああ。そうしよう」

「子どもたちがみんな大きくなったら、俺とシモンの二人で来てもいいし」

自分の寿命はそう、長くはない。だからそれはあてのない未来だった。それでもそう言うと、シモンは「いいな」と小さく笑った。

「子ども時代を取り戻すかのようだ……」

独り言のようなその声音に、悲壮感はなかったから、葵も深刻にならないように「そうだよ」と軽く答えた。シモンの子ども時代など、葵はよく知らなかったけれど。一度だけ、幼いころに海に来たという話を聞いたことがあるが、シモンは当時のことを話そうとしない。

きっと、あまり楽しい思い出ではないのだ。

なのにその場所へ、毎年葵と子どもたちを連れてきてくれる。それがシモンの愛と優しさでないなら、なんだと言うのだろう？

と、シモンが、「もし……」と言葉を繋《つな》いだ。

「もし……私が沖まで泳いだら……お前は砂浜で、私を見ていてくれるか？」

今日、ソラにしてやったように、と、シモンに訊かれる。

「あんなふうに、沖へ出た私に……手を振ってくれるか？」

シモンの問いに、葵は笑った。おかしい。シモンが泳いで行ったら、それはもちろん見守るだろう。入り江の向こうは流れが速いから、心配で眼が離せない。当然だよ、と言うと、シモンはそうか、と言う。優しく、静かな声だった。

心地のいい沈黙が流れ、葵はだんだんとまた眠くなった。うとうととしていると、眠っていい、とシモンが髪を撫《な》でてくれる。けれど夢うつつになった意識の向こうで、シモンが独りごちるのを、葵はなぜかはっきりと聞いていた。

「……私はもう、一人で泳がなくていいのだな」

――海へ出て、振り返ったら、お前がいる。

そう呟くシモンの声が、どうしてか淋しそうだった。

俺だけじゃないよ。子どもたちも、テオもいる。お前が愛して、守ってきた家族が。

そう言えたかは分からない。ただ、抱いてくれるシモンの腕に力がこもる。それが葵には嬉しかった。

幼いころ海で遊んだシモンには、手を振ってくれる相手がいなかったのかもしれない。

けれど今のシモンには、大勢の手を振る人がいる。

――今、お前が一人じゃないのは、お前がみんなを愛してくれたからだよ、シモン。

その愛は不器用かもしれないが、それでも、愛は、シモンに返っているのだ。

それこそが、葵にとってはどんなことよりも幸せだ。

シモンが誰かを愛し、愛されていることが。

思わずふふ、と笑いながら――本当に笑っていたのか、夢の中で笑ったのか、もうどこからが夢なのか分からなかったけれど――葵は、眠りの底へ、ゆっくりと落ちていった。

Hanamaru Bunko

作家・イラストレーターの先生方へのファンレター・感想・ご意見などは
〒101-0063 東京都千代田区神田淡路町2-2-2
白泉社花丸編集部気付でお送り下さい。
編集部へのご意見・ご希望などもお待ちしております。
白泉社のホームページはhttp://www.hakusensha.co.jpです。

白泉社花丸文庫

愛の在り処に誓え!

2017年4月25日　初版発行

著　者　樋口美沙緒 ©Misao Higuchi 2017
発行人　島田 明
発行所　株式会社白泉社
〒101-0063 東京都千代田区神田淡路町2-2-2
電話 03(3526)8070(編集)
03(3526)8010(販売)
03(3526)8020(制作)
印刷・製本　株式会社廣済堂
Printed in Japan　HAKUSENSHA　ISBN978-4-592-87745-5
定価はカバーに表示してあります。